得闲静坐，无事读书

鲁迅 老舍 等著

图书在版编目（CIP）数据

得闲静坐，无事读书 / 鲁迅等著. -- 北京：光明日报出版社，2024.1
　ISBN 978-7-5194-7729-5

Ⅰ.①得… Ⅱ.①鲁… Ⅲ.①散文集—中国—现代②散文集—中国—当代 Ⅳ.①I266

中国国家版本馆CIP数据核字(2024)第004032号

得闲静坐，无事读书
de xian jing zuo, wu shi du shu

著　　者：鲁　迅　老　舍　等		
责任编辑：郭玫君	策　　划：崔付建　秦国娟　朱　莹	
封面设计：鸿儒文轩·末末美书	责任校对：房　蓉	
责任印制：曹　诤		

出版发行：光明日报出版社
地　　址：北京市西城区永安路106号，100050
电　　话：010-63169890（咨询），010-63131930（邮购）
传　　真：010-63131930
网　　址：http://book.gmw.cn
E – mail：gmrbcbs@gmw.cn
法律顾问：北京市兰台律师事务所龚柳方律师

印　　刷：三河市华东印刷有限公司
装　　订：三河市华东印刷有限公司
本书如有破损、缺页、装订错误，请与本社联系调换，电话：010-67019571

开　　本：145mm×210mm　　　印　张：8.25
字　　数：135千字
版　　次：2024年1月第1版
印　　次：2024年1月第1次印刷
书　　号：ISBN 978-7-5194-7729-5
定　　价：50.00元

版权所有　翻印必究

目录

一 读书是一辈子的事

为什么读书	胡　适	002
随便翻翻	鲁　迅	011
谈读杂书	汪曾祺	016
闭户读书论	周作人	019
灯下读书论	周作人	023
读书并非为黄金 ——我的不读书的经验	孙福熙	031
牛津的书虫	许地山	034
文学的力量	夏丏尊	038

二 读书的门径与方法

读书	胡适	046
读书杂谈——七月十六日在广州知用中学讲	鲁迅	058
我的读书经验	蔡元培	066
读书	老舍	069
选择与鉴别——怎样阅读文艺书籍	老舍	074
怎样读小说	老舍	080
我的读书的经验	章衣萍	085
论百读不厌	朱自清	092
共通的门径	邓拓	102

三 与书有关的那些事

读廉价书	汪曾祺 …	108
书　房	梁实秋 …	118
买　书	朱自清 …	123
烧书记	郑振铎 …	127
售书记	郑振铎 …	134
香港的旧书市	戴望舒 …	140
记马德里的书市	戴望舒 …	146

四 好书共读

影响我的几本书	梁实秋	154
一个最低限度的国学书目	胡　适	172
读书百宜录	张恨水	188
《给青年的十二封信》	夏丏尊	190
《老张的哲学》与《赵子曰》	朱自清	194

五 从阅读到写作

作文秘诀	鲁　迅 … 206
论创作	老　舍 … 211
写与读	老　舍 … 218
别怕动笔	老　舍 … 227
作文的基本的态度	夏丏尊 … 233
作义与读书	章衣萍 … 239

一

读书是一辈子的事

为什么读书

胡 适

　　青年会叫我在未离南方赴北方之前在这里谈谈，我很高兴，题目是"为什么读书"。现在读书运动大会开始，青年会拣定了三个演讲题目。我看第二个题目"怎样读书"很有兴味，第三个题目"读什么书"更有兴味，第一个题目无法讲，"为什么读书"，连小孩子都知道，讲起来很难为情，而且也讲不好。所以我今天讲这个题目，不免要侵犯其余两个题目的范围，不过我仍旧要为其余两位演讲的人留一些余地。现在我就把这个题目来试一下看。我从前也有过一次关于读书的演讲，后来我把那篇演讲录略事修改，编入三集《文存》里面，那篇文章题目叫作《读书》，其内容性质较近于第二个题目，诸位可以拿来参考。今天我就来试试"为什么读书"这个题目。

从前有一位大哲学家做了一篇《读书乐》，说到读书的好处，他说："书中自有千钟粟，书中自有黄金屋，书中自有颜如玉。"这意思就是说，读了书可以做大官，获厚禄，可以不至于住茅草房子，可以娶得年轻的漂亮太太（台下哄笑）。诸位听了笑起来，足见诸位对于这位哲学家所说的话不十分满意，现在我就讲所以要读书的别的原因。

为什么要读书？有三点可以讲：第一，因为书是过去已经知道的知识学问和经验的一种记录，我们读书便是要接受这人类的遗产；第二，为要读书而读书，读了书便可以多读书；第三，读书可以帮助我们解决困难，应付环境，并可获得思想材料的来源。我一踏进青年会的大门，就看见许多关于读书的标语。为什么读书，大概诸位看了这些标语就都已知道了，现在我就把以上三点更详细地说一说。

第一，因为书是代表人类老祖宗传给我们的知识的遗产，我们接受了这遗产，以此为基础，可以继续发扬光大，更在这基础之上，建立更高深更伟大的知识。人类之所以与别的动物不同，就是因为人有语言文字，可以把知识传给别人，又传至后人，再加以印刷术的发明，许多书报便印了出来。人的脑很大，与猴不同，人能造出语言，后来更进一步而有文字，又能刻木刻字，所以人最大的贡献就是能累积过去的知识和经验，使后人可以节省很多脑力。非洲野蛮人在山野中遇见鹿，他们就画了一个人和一只鹿以代信，给后面的人叫他们勿追。但是把知识和经验遗给儿孙有什么用处呢？这是有用处的，因为这是前人很好的教训。现在学校里各种教科书，如物理、化学、历史等，都是根据几千年来进步的知识编纂成书的，一年、两年，或者三年教完一科。自小学，中学，而至大学毕业，这十六年所受的教育，都是代表我们老祖宗几千年来得来的知识学问和经验，所谓进化，就是叫人节省劳力。蜜蜂虽能筑巢，能发明，但传下来就只有这一点知识，没有继续去改革改良，以应付环境，没有做格外进一步的工作。人呢，达不到目的，就再去求进步，而以前人的知识学问和经验作参考。如果每样东西，要个个人从头学起，而不去利用过去的知识，那不是太麻烦了吗？所以人有了这知识的遗产，就可以自己去成家立业，就可以缩短工作，使有余力做别的事。

第二点稍复杂，就是为读书而读书，为求过去的知识而读书。不错，知识可以从书本中得来，但读书不是那么容易的一件事情，不读书不能读书，要能读书才能多读书。好比戴了眼镜，小的可以放大，模糊的可以看得清楚，远的可以变近，所以读书要戴眼镜。不读书，学问不能进去，读书没有门径，学问也不能进去。王安石对曾子固说过："读经而已，则不足以知经。"所以他对于《本草纲目》《内经》、小说，无所不读，这样对于经才可以明白一些，所谓"致已知而后读"，读书无非扩充知识而已。

我十二岁时，各种小说都看得懂，到了三十年以后，再回头看，很多不懂。讲到《诗经》，从前以为讲的是男女爱情、文王后妃一类的事，从前是戴了一副黑眼镜去看，现在换了一副眼镜，觉得完全不同。现在才知道《诗经》和民间歌谣很有关系。对于民间歌谣的研究，近来很有进步，北平有《歌谣周刊》《歌谣丛书》，关于各地歌谣收罗很广。我们如果能把歌谣的文章，社会学，人类学，研究一下，就可以知道幼稚时代的环境和生活很有趣味，例如诗经里有一段说："白茅包之，有女怀春，吉士诱之。"在从前眼光看来，觉得完全讲不通，现在才知道当时野蛮人社会有一种风俗，就是男子向女子求婚，要打野兽送到女家，若不收，便是不答应。还有《诗经》

里"窈窕淑女"一节,从比较民族学眼光看来,我们可以知道当时社会的人,吃饭时可以打鼓弹琴,丝毫没有受礼教的束缚。再从文法方面来观察,像《诗经》里"之子于归""黄鸟于飞""凤凰于飞"的"于"字,此外,《诗经》里又有几百个"维"字,这些都是有作用无意义的虚字,但以前的人却从未注意及此。所以书是越看越有意义,书越多读越能读书。

再说在《墨子》一书里,差不多各种学问都有,像光学、力学、逻辑、算学、几何学上的圆和平行线,以及经济学上的购买力和货币,几乎什么都讲到了,但你要懂得光学,才能懂得墨子所说的光,你要懂得各种知识,才能懂得《墨子》。总之,读书是为了要读书,多读书更可以读书。最大的毛病就在怕读书,怕书难读。越难读的书我们越要征服它们,把它们作为我们的奴隶或向导。我们要打倒难读,这才是我们的"读书乐",若是我们有了基础的科学知识,那么,我们在读书时便能左右逢源。我再说一遍,读书的目的在于读书,要读书越多才可以读书越多。

第三点,读书可以帮助解决困难,应付环境,供给思想材料,知识是思想材料的来源。思想可分作五步,思想的起源是大的疑问。吃饭拉屎不用想,但逢着三岔路口,十字街头那样的环境，就发生困难了。走东或是走西，这样做或是那样做，困难很多。病有各样的病，发烧，头痛，多得很。第二步要把问题弄清，困难弄清。第三步才想到如何解决。读书就是出主意，暗示，但主意很多，于是又逢着困难。主意多少要看学问多少。都采用也不行。第四步就是要选择一个假定的解决方法。要想到这一个方法能不能解决，若不能，那么，就换了一个，若能就行了。这好比开锁，这一个钥匙开不出就换了一个，假定是可以开的，那么，问题就解决了。第五步就是试验。凡是有条理的思想都要经过这五步，或是逃不了这五个阶段。科学家要解决问题，侦探要侦探案件，多经过这五步。

第三步主意或暗示很多，若无主意，便无办法，没有主意，便不知道怎样办，这是因为知识不够，学力不足，经验不丰富，从来没有想到，所以到要解决问题时便没有材料。读书是过去知识学问经验的记录，而知识学问经验就是要用在这时候，所谓养军千日，用兵一朝。否则，学问一些都没有，遇到困难就要糊涂起来。例如达尔文把生物变迁现象研究了几十年，却想不出什么原则去解决，后来无意中看到马尔萨斯的《人口论》，说人口是按照几何学级数一倍一倍地增加，粮食是按照数学级数增加，达尔文研究了这原则，忽然触机，就把这原则应用到生物学上去，创了物竞天择的学说。

譬如一条鱼可以产生二百万鱼子，这样，太平洋应该占满了，然而大鱼要吃小鱼，更大的鱼要吃大鱼，所以生物要适应环境才能生存。但按照经济学原则，达尔文主义是很没有条理的，而我们读书就是要解决这个困难。又譬如从前的人以为地球是世界的中心，后来天文学家哥白尼却主张太阳是世界的中心，绕着地球而行。据罗素说，哥白尼所以这样的解说，是因为希腊人已经讲过这句话，哥白尼想到了这句话可以解决这问题，便采用了。假使希腊没有这句话，在六十几年之后恐怕没有人敢说这句话吧。

这就是读书的好处。像这样当初逢着困难后来得到解决的事很多，单说我个人就有许多。在我的书房里有一部小说叫作《醒世姻缘》，是西周生所著，自然用的是假名字，这是17、18世纪间的出品，印好在家藏了六年。这部小说讲到婚姻问题，其内容是这样：有个好老婆，不知何故，后来忽然变坏，作者没有提及解决方法，也没有想到可以离婚，只说是前世作孽，因为在前世男虐待女，女就投生换样子，压迫者变为被压迫者。这种前世作孽，起先相爱，后来忽变的故事，我仿佛什么地方看见过，后来在《聊斋》一书中见到一篇和这相类似的笔记，也是说到一个女子，起先怎样爱着她的丈夫，后来怎样变为凶太太，便想到这部小说大约是蒲留仙或是蒲留仙的朋友做的。去年我看到一本杂志，也说是蒲留仙做的，不过没有证据。今年我在北平，才找到了证据。这一件事可以解释刚才我所说的第二点，就是读书是为了要读书而读书，同时也可以解释第三点，就是读书可以供给出主意的来源。当初若是没有主意，到了逢着困难时便要手足无措，所以读书可以解决问题，就是军事、政治、财政、思想等问题，也都可以解决，这就是读书的用处。我有一位朋友，有一次傍着洋灯看小说，洋灯装有油，但是不亮，因为灯芯短了。于是他想到《伊索寓言》里有一篇故事，说是一只老鸦要喝瓶中的水，因为瓶太小，得不到水，它就衔石投瓶中，水乃上来。这位朋友是懂得化学的，加水于灯中恐怕不亮，于是投以铜元，油乃碰到灯芯。这是看《伊索寓言》看小说给他的帮助。读书好像用兵，养兵求其能用，否则即使有十万、二十万的大兵也没有用处，有的时候还要兵变呢。

至于"读什么书"，下次陈中凡先生要讲演，今天我也附带地讲一讲。我从五岁起到了四十岁，读了三十五年的书。究竟有几部书应该读，我也曾经想过。其中有条理有系统的书可以说是还没有两三部，至于精心结构之作，两千五百年以来恐怕只有半打。譬如《老子》这部书，今天说一句"道可道"，明天又说一句"非常道"，没有一些系统。集是杂货店，史和子还是杂货店。至于《诗经》《礼记》《易经》也只有一点形式，讲到内容，可以说没有一些东西可以给我们改进道德增进知识的帮助的。中国书不够读乐趣，我们要另开生路，辟殖民地。读书要读到有乐而无苦。能做到这地步，书中便有无穷。希望大家不要怕读书，起初的确要查阅字典，但假使能下一年苦功，能把所读的书的内容句句分析清楚，这样的继续不断做去，那么，在一二年中定可开辟一个乐园，还只怕求知的欲望太大，来不及读呢。我总算是老大哥，今天我就根据我过去三十五年读书的经验，给你们这一个临别的忠告。

一九三零年十一月下旬在上海青年会的演讲

随便翻翻

鲁 迅

我想讲一点我的当作消闲的读书——随便翻翻。但如果弄得不好,会受害也说不定的。

我最初去读书的地方是私塾,第一本读的是《鉴略》,桌上除了这一本书和习字的描红格,对字(这是做诗的准备)的课本之外,不许有别的书。但后来竟也慢慢地认识字了,一认识字,对于书就发生了兴趣,家里原有两三箱破烂书,于是翻来翻去,大目的是找图画看,后来也看看文字。这样就成了习惯,书在手头,不管它是什么,总要拿来翻一下,或者看一遍序目,或者读几页内容，到得现在，还是如此，不用心，不费力，往往在作文或看非看不可的书籍之后，觉得疲劳的时候，也拿这玩意儿来作消遣了，而且它也的确能够恢复疲劳。

倘要骗人，这方法很可以冒充博雅。现在有一些老实人，和我闲谈之后，常说我书是看得很多的，略谈一下，我也的确好像书看得很多，殊不知就为了常常随手翻翻的缘故，却并没有本本细看。还有一种很容易到手的秘本，是《四库书目提要》，倘还怕繁，那么，《简明目录》也可以，这可要细看，它能做成你好像看过许多书。不过我也曾有过正经功夫，如什么"国学"之类，请过先生指教，留心过学者所开的参考书目，结果都不满意。有些书目开得太多，要十来年才能看完，我还疑心他自己就没有看；只开几部的较好，可是这须看这位开书目的先生了，如果他是一位糊涂虫，那么，开出来的几部一定也是极顶糊涂书，不看还好，一看就糊涂。

我并不是说，天下没有指导后学看书的先生，有是有的，不过很难得。

这里只说我消闲的看书——有些正经人是反对的，以为这么一来，就"杂"！"杂"，现在又算是很坏的形容词。但我以为也有好处。譬如我们看一家的陈年账簿，每天写着"豆付三文，青菜十文，鱼五十文，酱油一文"，就知先前这几个钱就可以买一天的小菜，吃够一家；看一本旧历本，写着"不宜出行，不宜沐浴，不宜上梁"，就知道先前是有这么多的禁忌。看见了宋人笔记里的"食菜事魔"，明人笔记里的"十彪五虎"，就知道"哦呵，原来'古已有之'。"但看完一部书，都是些那时的名人逸事，某将军每餐要吃三十八碗饭，某先生体重一百七十五斤半；或是奇闻怪事，某村雷劈蜈蚣精，某妇产生人面蛇，毫无益处的也有。这时可得自己有主意了，知道这是帮闲文士所做的书。凡帮闲，他能令人消闲消得最坏，他用的是最坏的方法。倘不小心，被他诱过去，那就坠入陷阱，后来满脑子是某将军的饭量，某先生的体重，蜈蚣精和人面蛇了。

讲扶乩的书，讲婊子的书，倘有机会遇见，不要皱起眉头，显示憎厌之状，也可以翻一翻；明知道和自己意见相反的书，已经过时的书，也用一样的办法。例如杨光先的《不得已》是清初的著作，但看起来，他的思想是活着的，现在意见和他相近的人们正多得很。这也有一点危险，也就是怕被它诱过去。治法是多翻，翻来翻去，一多翻，就有比较，比较是医治受骗的好方了。乡下人常常误认为一种硫化铜为金矿，空口是和他说不明白的，或者他还会赶紧藏起来，疑心你要白骗他的宝贝。但如果遇到一点真的金矿，只要用手掂一掂轻重，他就死心塌地：明白了。

"随便翻翻"是用各种别的矿石来比的方法，很费事，没有用真的金矿来比的明白，简单。我看现在的青年常在问人该读什么书，就是要看一看真金，免得受硫化铜的欺骗。而且一识得真金，一面也就真的识得了硫化铜，一举两得了。

但这样的好东西，在中国现有的书里，却不容易得到。我回忆自己的得到一点知识，真是苦得可怜。幼小时候，我知道中国在"盘古氏开辟天地"之后，有三皇五帝，……宋朝，元朝，明朝，"我大清"。到二十岁，又听说"我们"的成吉思汗征服欧洲，是"我们"最阔气的时代。到二十五岁，才知道所谓这"我们"最阔气的时代，其实是蒙古人征服了中国，我们做了奴才。直到今年八月里，因为要查一点故事，翻了三部蒙古史，这才明白蒙古人的征服"斡罗思"，侵入匈奥，还在征服全中国之前。那时的成吉思还不是我们的汗，倒是俄人被奴的资格比我们老，应该他们说"我们的成吉思汗征服中国，是我们最阔气的时代"的。

我久不看现行的历史教科书了，不知道里面怎么说；但在报章杂志上，却有时还看见以成吉思汗自豪的文章。事情早已过去了，原没有什么大关系，但也许正有着大关系，而且无论如何，总是说些真实的好。所以我想，无论是学文学的，学科学的，他应该先看一部关于历史的简明而可靠的书。但如果他专讲天王星，或海王星，蛤蟆的神经细胞，或只咏梅花，叫妹妹，不发关于社会的议论，那么，自然，不看也可以的。

我自己，是因为懂一点日本文，在用日译本《世界史教程》和新出的《中国社会史》应应急的，都比我历来所见的历史书类说得明确。前一种中国曾有译本，但只有一本，后五本不译了，译得怎样，因为没有见过，不知道。后一种中国倒先有译本，叫作《中国社会发展史》，不过据日译者说，是多错误，有删节，靠不住的。

我还在希望中国有这两部书。又希望不要一哄而来，一哄而散，要译，就译他完；也不要删节，要删节，就得声明，但最好还是译得小心，完全，替作者和读者想一想。

十一月二日

谈读杂书

汪曾祺

我读书很杂，毫无系统，也没有目的。随手抓起一本书来就看。觉得没意思，就丢开。我看杂书所用的时间比看文学作品和评论的要多得多。常看的是有关节令风物民俗的，如《荆楚岁时记》《东京梦华录》。其次是方志、游记，如《岭表录异》《岭外代答》。讲草木虫鱼的书我也爱看，如法布尔的《昆虫记》，吴其濬的《植物名实图考》《花镜》。讲正经学问的书，只要写得通达而不迂腐的也很好看，如《癸巳类稿》。《十驾斋养新录》差一点，其中一部分也挺好玩。我也爱读书论、画论。有些书无法归类，如《宋提刑洗冤录》，这是讲验尸的。有些书本身内容就很庞杂，如《梦溪笔谈》《容斋随笔》之类的书，只好笼统地称之为笔记了。

读杂书至少有以下几种好处：第一，这是很好的休息。泡一杯茶懒懒地靠在沙发里，看杂书一册，这比打扑克要舒服得多。第二，可以增长知识，认识世界。我从法布尔的书里知道知了原来是个聋子，从吴其濬的书里知道古诗里的葵就是湖南、四川人现在还吃的冬苋菜，实在非常高兴。第三，可以学习语言。杂书的文字都写得比较随便，比较自然，不是正襟危坐，刻意为文，但自有情致，而且接近口语。一个现代作家从古人学语言，与其苦读《昭明文选》、"唐宋八家"，不如多看杂书。这样较易融入自己的笔下。这是我的一点经验之谈。青年作家，不妨试试。第四，从杂书里可以悟出一些写小说、写散文的道理，尤其是书论和画论。包世臣《艺舟双楫》云："吴兴书笔，专用平顺，一点一画，一字一行，排次顶接而成。古帖字体，大小颇有相径庭者，如老翁携幼孙行，长短参差，而情意真挚，痛痒相关。吴兴书如士人入隘巷，鱼贯徐行，而争先竞后之色，人人见面，安能使上下左右空白有字哉！"他讲的是写字，写小说、散文不也正当如此吗？小说、散文的各部分,应该"情意真挚,痛痒相关",这样才能做到"形散而神不散"。

闭户读书论

周作人

自唯物论兴而人心大变。昔者世有所谓灵魂等物，大智固亦以轮回为苦，然在凡夫则未始不是一种慰安，风流士女可以续未了之缘，壮烈英雄则曰，"二十年后又是一条好汉"。但是现在知道人的性命只有一条，一失足成千古恨，再回头已百年身，只有上联而无下联，岂不悲哉！固然，知道人生之不再，宗教的希求可以转变为社会运动，不求未来的永生，但求现世的善生，勇猛地冲上前去，造成恶活不如好死之精神，那也是可能的。然而在大多数凡夫却有点不同，他的结果不但不能砭顽起懦，恐怕反要使得懦夫有卧志了罢。

"此刻现在"，无论在相信唯物或是有鬼论者都是一个危险时期。除非你是在做官，你对于现时的中国一定会有好些不满或是不平。这些不满和不平积在你的心里，正如噎膈患者肚里的"痞块"一样，你如没有法子把它除掉，总有一天会断送你的性命。那么，有什么法子可以除掉这个痞块呢？我可以答说，没有好法子。假如激烈一点的人，且不要说动，单是乱叫乱嚷起来，想出出一口鸟气，那就容易有共党朋友的嫌疑，说不定会同逃兵之流一起去正了法。有鬼论者还不过白折了二十年光阴，只有一副性命的就大上其当了。忍耐着不说呢，恐怕也要变成忧郁病，倘若生在上海，迟早总跳进黄浦江里去，也不管公安局钉立的木牌说什么死得死不得。结局是一样，医好了烦闷就丢掉了性命，正如门板夹直了驼背。

那么怎么办好呢？我看，苟全性命于乱世是第一要紧，所以最好是从头就不烦闷。不过这如不是圣贤，只有做官的才能够，如上文所述，所以平常下级人民是不能仿效的。其次是有了烦闷去用方法消遣。抽大烟，讨姨太太，赌钱，住温泉场等，都是一种消遣法，但是有些很要用钱，有些很要用力，寒士没有力量去做。我想了一天才算想到了一个方法，这就是"闭户读书"。

记得在没有多少年前曾经有过一句很行时的口号，叫作"读书不忘救国"。其实这是很不容易的。西儒有言，二鸟在林不如一鸟在手，追两兔者并失之。幸而近来"青运"已经停止，救国事业有人担当，昔日辘轳体的口号今成截上的小题，专门读书，此其时矣，闭户云者，聊以形容，言其专一耳，非真辟札则不把卷，二者有必然之因果也。

但是，敢问读什么呢？经，自然，这是圣人之典，非读不可的，而且听说三民主义之源盖出于《四书》，不特维礼教，即为应考试计，亦在所必读之列，这是无可疑的了。但我所觉得重要的还是在于乙部，即是四库之史部。老实说，我虽不大有什么历史癖，却是很有点历史迷的。我始终相信《二十四史》是一部好书，它很诚恳地告诉我们过去曾如此，现在是如此，将来要如此。历史所告诉我们的在表面的确只是过去，但现在与将来也就在这里面了：正史好似人家祖先的神像，画得特别庄严点，从这上面却总还看得出子孙的面影，至于野史等更有意思，那是行乐图小照之流，更充足地保存真相，往往令观者拍案叫绝，叹遗传之神妙。正如獐头鼠目再生于十世之后一样，历史的人物亦常重现于当世的舞台，恍如夺舍重来，慑人心目，此可怖的悦乐为不知历史者所不能得者也。通历史的人如太乙真人目能见鬼，无论自称为什么，他都能知道这是谁的化身，在古卷上找得他的原形，自盘庚时代以降一一具在，其一再降凡之迹若示诸掌焉。浅学者流妄生分别，或以二十世纪，或以北伐成功，或以农军起事划分时期，以为从此是另一世界，将大有改变，与以前绝对不同，仿佛是旧人霎时死绝，新人自天落下，自地涌出，或从空桑中跳出来，完全是两种生物的样子：此正是不学之过也。

宜趁现在不甚适宜于说话做事的时候，关起门来努力读书，翻开故纸，与活人对照，死书就变成活书，可以得道，可以养生，岂不懿欤？——喔，我这些话真说得太抽象而不得要领了。但是，具体的又如何说呢？我又还缺少学问，论理还应少说闲话，多读经史才对，现在赶紧打住罢。

中华民国十七年十一月

灯下读书论

周作人

以前所做的打油诗里边,有这样的两首是说读书的,今并录于后。其辞曰:

饮酒损神奈损气,读书应是最相宜。圣贤已死言空在,手把遗编未忍披。

未必花钱逾黑饭,依然有味是青灯。偶逢一册长恩阁,把卷沉吟过二更。

这是打油诗,本来严格的计较不得。我曾说以看书代吸纸烟,那原是事实,至于茶与酒也还是使用，并未真正戒除。书价现在已经很贵，但比起土膏来当然还便宜得不少。这里稍有问题的，只是青灯之味到底是怎么样。古人诗云，青灯有味似儿时。出典是在这里了，但青灯究竟是怎么一回事呢？同类的字句有红灯，不过那是说红纱灯之流，是用红东西糊的灯，点起火来整个是红色的，青灯则并不如此，普通的说法总是指那灯火的光。苏东坡曾云，"纸窗竹屋，灯火青荧，时于此间，得少佳趣"。这样情景实在是很有意思的，大抵这灯当是读书灯，用清油注瓦盏中令满，灯芯作炷，点之光甚清寒，有青荧之意，宜于读书，消遣世虑，其次是说鬼，鬼来则灯光绿，亦甚相近也。若蜡烛的火便不相宜，又灯火亦不宜有蔽障，光须裸露，相传东坡夜读佛书，灯花落书上烧却一僧字，可知古来本亦如是也。至于用的是什么油，大概也很有关系，平常多用香油即菜籽油，如用别的植物油则光色亦当有殊异，不过这些迂论现在也可以不必多谈了。总之这青灯的趣味在我们曾在菜油灯下看过书的人是颇能了解的，现今改用了电灯，自然便利得多了，可是这味道却全不相同，虽然也可以装上青蓝的瓷罩，使灯光变成青色，结果总不是一样。所以青灯这字面在现代的辞章里，无论是真诗或是谐诗，都要打个折扣，减去几分颜色，这是无可如何的事，好在我这里只是要说明灯右观书的趣味，那些小问题都没有什么关系，无妨暂且按下不表。

圣贤的遗编自然以孔孟的书为代表，在这上边或者可以加上老庄吧。长恩阁是大兴傅节子的书斋名，他的藏书散出，我也收得了几本，这原是很平常的事，不值得怎么吹嘘，不过这里有一点特别理由，我有的一种是两小册抄本，题曰"明季杂志"。傅氏很留心明末史事，看《华延年室题跋》两卷中所记，多是这一类书，可以知道，今此册只是随手抄录，并未成书，没有多大价值，但是我看了颇有所感。明季的事去今已三百年，并鸦片洪杨义和团诸事变观之，我辈即使不是能惧思之人，亦自不免沉吟，初虽把卷终亦掩卷，所谓过二更者乃是诗文装点语耳。那两首诗说的都是关于读书的事，虽然不是鼓吹读书乐，也总觉得消遣世虑大概以读书为最适宜，可是结果还是不大好，人有越读越懊恼之慨。盖据我多年杂览的经验，从书里看出来的结论只是这两句话，好思想写在书本上，一点儿都未实现过，坏事情在人世间全已做了，书本上记着一小部分。昔者印度贤人不惜种种布施，求得半偈，今我因此而成二偈，则所得不已多乎。至于意思或近于负的方面，既是从真实出来，亦自有理存乎其中，或当再作计较罢。

圣贤教训之无用无力,这是无可如何的事,古今中外无不如此。英国陀生在讲希腊的古代宗教与现代民俗的书中曾这样地说过:

> 希腊国民看到许多哲学者的升降,但总是只抓住他们世袭的宗教。柏拉图与亚里士多德,什诺与伊壁鸠鲁的学说,在希腊人民方面,正如没有这一回事一般。但是荷马与以前时代的多神教却是活着。

斯宾塞在寄给友人的信札里,也说到现代欧洲的情状:

> 宣传了爱之宗教将近二千年之后,憎之宗教还是很占势力。欧洲住着二万万的外道,假装着基督教徒,如有人愿望他们照着他们的教旨行事,反要被他们所辱骂。

上边所说是关于希腊哲学家与基督教的,都是人家的事,若是讲到孔孟与老庄,以至佛教,其实也正是一样。在二十年以前写过一篇小文,对于教训之无用深致感慨,末后这样地解说道：

> 这实在都是真的。希腊有过梭格拉底，印度有过释迦牟尼，中国有过孔子老子，他们都被尊崇为圣人，但是在现今的本国人民中间，他们可以说是等于不曾有过。我想这原是当然的，正不必代为无谓的悼叹。这些伟人倘若真是不曾存在，我们现在当不知怎么的更为寂寞，但是如今既有言行流传，足供有知识与趣味的人的欣赏，那也就尽够好了。

这里所说本是聊以解嘲的话，现今又已过了二十春秋，经历增加了不少，却是终未能就此满足，固然也未必真是床头摸索好梦似的，希望这些思想都能实现，总之在浊世中展对遗教，不知怎的很替圣贤感觉得很寂寞似的，此或者亦未免是多事，在我自己却不无珍重之意。前致废名书中曾经说及，以有此种怅惘，故对于人间世未能恝置，此虽亦是一种苦，目下却尚不忍即舍去也。

《闭户读书论》是民国十七年冬所写的文章，写得很有点别扭，不过自己觉得喜欢，因为里边主要的意思是真实的，就是现在也还是这样。这篇论是劝人读史的。要旨云：

> 我始终相信二十四史是一部好书，它很诚恳地告诉我们过去曾如此，现在是如此，将来要如此。历史所告诉我们的，在表面的确只是过去，但现在与将来也就在这里面了。正史好似人家祖先的神像，画得特别庄严点，从这上面却总还看得出子孙的面影，至于野史等更有意思，那是行乐图小照之流，更充足地保存真相，往往令观者拍案叫绝，叹遗传之神妙。

这不知道算是什么史观，叫我自己说明，此中实只有暗黑的新宿命观，想得透彻时亦可得悟，在我却还只是怅惘，即使不真至于懊恼。我们说明季的事，总令人最先想起魏忠贤客氏，想起张献忠李自成，不过那也罢了，反正那些是太监是流寇而已。使人更不能忘记的是国子监生而请以魏忠贤配享孔庙的陆万龄，东林而为阉党，又引清兵入闽的阮大铖，特别是记起《咏怀堂诗》与《百子山樵传奇》，更觉得这事的可怕。史书有如医案，历历记着症候与结果，我们看了未必找得出方剂，可以去病除根，但至少总可以自肃自戒，不要犯这种的病，再好一点或者可以从这里看出些卫生保健的方法来也说不定。我自己还说不出读史有何所得，消极的警戒，人不可化为狼，当然是其一，积极的方面也有一二，如政府不可使民不聊生，如士人不可结社，不可讲学，这后边都有过很大的不幸做实证，但是正面说来只是老生常谈，而且也就容易归入圣贤的说话一类里去，永远是空言而已。说到这里，两头的话又碰在一起，所以就算是完了，读史与读经子那么便可以一以贯之，这也是一个很好的读书方法罢。

古人劝人读书，常说它的乐趣，如《四时读书乐》所广说，读书之乐乐陶陶，至今暗诵起几句来，也还觉得有意思。此外的一派是说读书有利益，如云书中自有黄金屋，书中自有颜如玉，是升官发财主义的代表，便是唐朝做《原道》的韩文公教训儿子，也说的这一派的话，在世间势力之大可想而知。我所谈的对于这两派都够不上，如要说明一句，或者可以说是为自己的教养而读书吧。既无什么利益，也没有多大快乐，所得到的只是一点知识，而知识也就是苦，至少知识总是有点苦味的。古希伯来的传道者说：

我又专心察明智慧狂妄和愚昧，乃知这也是捕风，因为多有智慧就多有愁烦，加增知识就加增忧伤。

这所说的话是很有道理的。但是苦与忧伤何尝不是教养之一种，就是捕风也并不是没有意思的事。我曾这样地说：

> 察明同类之狂妄和愚昧，与思索个人的老死病苦，一样是伟大的事业。虚空尽由他虚空，知道他是虚空，而又偏去追迹，去察明，那么这是很有意义的，这实在可以当得起说是伟大的捕风。

这样说来，我的读书论也还并不真是如诗的表面上所显示的那么消极。可是无论如何，寂寞总是难免的，唯有能耐寂寞者乃能率由此道耳。

民国甲申，八月二日

读书并非为黄金——我的不读书的经验

孙福熙

中国人太把"读书"看得严重,"书中自有黄金屋,书中自有千钟粟"的说法,先认读书为苦不可耐,于是用黄金利禄来引诱,就是"吃得苦中苦,方为人上人"的意思。

本刊征求我读书的经验,我不敢以读书人自居(虽然读书人的"书生气"的坏处依然是很多),我所能说的不是读书的经验,而是不读书的经验。

我三周岁以后就读书,读书这样早,完全因为我幼年时太活泼,毁坏了许多东西的缘故。一直到十二岁,全是旧式灌注的教育,除了识字的成绩以外，到现在是毫无益处。因为读书没有趣味的缘故，此后入学校，直至师范学校毕业为止，凡有书本的功课我都不大喜欢。所喜欢的是手工图画以及书本以外兼有实物的理化博物。再后则半工半读或者整日工作而夜间自己读书而已。

尤其是在法国的时候，因为经济的能力是不能读书的，所以，一方面分出时间去工作，一方面又节省读书应有的一切工具与方法，欲读书而不可得了。没有人教我法文，为了节省起见，不懂一句法文，就进美术学校学画去了。自己看看法文书，弄出许多的错误。为了这个缘故，我的一点智识，都与事实有关。例如法文中的"兰花"一字，是同学在公园中告我的，所以至今联想到这同学与公园；"延长"一字联想下雨与房东老太婆。因为并不是从读书得来，所以我没有什么字是可以联想书本的。

这该是很大的耻辱。

不但如此；许多人是先读了书，后来证之事实，惊叹古人深思明辨，于是豁然贯通地说一声："此诚所谓'学于古训乃有获，监于成宪永无愆'也。"

而我则不然，我的肚皮里没有书，没有把有系统的书本智识作为辨别事理的根据，每遇到事物上有疑问，只得乱翻书本来求解答而已。

我以为，中国人把读书看得太苦亦太尊贵了，于是与世界事物脱离了关系。读书与散步、踢球、看电影、游山玩水，并不冲突，而且是互有补益（大学生天天进跳舞场未必有益，但偶然去一次，未必带回满身的恶毒，这全在自己的处置如何耳）。

我觉得，一个法国人走进图书馆去，和简直走进戏院电影场去是一样的性质。星期或假日，不必工作的时候，法国人就要利用这一天时间，做有益身心之事。我不是说法国人愚笨，肯以读书苦事视为看戏看电影一样的快乐；我要说的是读书得法的时候，与戏剧电影之启发智识、涵养德性、陶冶情感的出之消遣性质者，完全是一样的。

中国的电影太受美国影响的缘故，游嬉的性质太多，学术的意味太少了。

反之，中国的读书，或者可以说，学术的意味太多，而引动趣味太少，内容则平板陈腐，文字则枯燥生硬，虽有黄金利禄的引诱，天下尽有未用读书作"敲门砖"而骗到了黄金与利禄者。

著书者与读书者的态度都可以改变一下。

牛津的书虫

许地山

牛津实在是学者的学国,我在此地两年的生活尽用于波德林图书馆,印度学院,阿克关屋(社会人类学讲室),及曼斯斐尔学院中,竟不觉归期已近。

同学们每叫我作"书虫",定蜀尝鄙夷地说我于每谈论中,不上三句话,便要引经据典,"真正死路"!刘锴说:"你成日读书,睇读死你呀!"书虫诚然是无用的东西,但读书读到死,是我所乐为。假使我的财力、事业能够容允我,我诚愿在牛津做一辈子的书虫。

我在幼时已决心为书虫生活。自破笔受业直到如今，二十五年间未尝变志。但是要做书虫，在现在的世界本不容易。须要具足五件条件才可以。五件者：第一要身体康健；第二要家道丰裕；第三要事业清闲；第四要志趣淡薄；第五要宿慧超越。我于此五件，一无所有！故我以十年之功只当他人一夕之业。于诸学问、途径还未看得清楚，何敢希望登堂入室？但我并不因我的资质与境遇而灰心，我还是抱着读得一日便得一日之益的心志。

为学有三条路向：一是深思，二是多闻，三是能干。第一途是做成思想家的路向；第二是学者；第三是事业家。这三种人同是为学，而其对于同一对象的理解则不一致。譬如有人在居庸关下偶然捡起一块石头，一个思想家要想他怎样会在那里，怎样被人捡起来，和他的存在的意义。若是一个地质学者，他对于那石头便从地质方面原原本本考证。若是一个历史学者，他便要探求那石与过去史实有无的关系。若是一个事业家，他只想着要怎样利用那石而已。三途之中，以多闻为本。我邦先贤教人以"博闻强记"，及教人"不学而好思，虽知不广"的话，真可谓能得力学的正谊。但在现在的世界，能专一途的很少。因为生活上等等的压迫，及种种知识上的需要，使人难为纯粹的思想家或事业家。假使苏格拉底生于今日的希拉,他难免也要写几篇关于近东问题的论文投到报馆里去卖几个钱。他也得懂得一点汽车、无线电的使用方法。也许他会把钱财存在银行里。这并不是因为"人心不古",乃是因为人事不古。近代人需要等等知识为生活的资助,大势所趋,必不能在短期间产生纯粹的或深邃的专家。故为学要先多能,然后专攻,庶几可以自存,可以有所贡献。吾人生于今日,对于学问。专既难能,博又不易,所以应于上列三途中至少要兼二程。

兼多闻与深思者为文学家。兼多闻与能干者为科学家。就是说一个人具有学者与思想家的才能,便是文学家;具有学者与专业家的功能的,便是科学家。文学家与科学家同要具学者的资格所不同者,一是偏于理解,一是偏于作用,一是修文,一是格物(自然我所用科学家与文学家的名字是广义的)。进一步说,舍多闻既不能有深思,亦不能生能干,所以多闻是为学根本。多闻多见为学者应有的事情,如人能够做到,才算得过着书虫的生活。当彷徨于学问的歧途时,若不能早自决断该向哪一条路走去,他的学业必致如荒漠的砂粒,既不能长育生灵,又不堪制作器用。即使他能下笔千言,必无一字可取。纵使他能临事多谋,必无一策能成。我邦学者,每不善于过书虫生活，在歧途上既不能慎自抉择，复不虚心求教；过得去时，便充名士；过不去时，就变劣绅，所以我觉得留学而学普通知识，是一个民族最羞耻的事情。

我每觉得我们中间真正的书虫太少了。这是因为我们当学生的多半穷乏，急于谋生，不能具足上说五种求学条件所致。从前生活简单，旧式书院未变学堂的时代，还可以希望从领膏火费的生员中造成一二。至于今日的官费生或公费生，多半是虚掷时间和金钱的。这样的光景在留学界中更为显然。

牛津的书虫很多，各人都能利用他的机会去钻研，对于有学无财的人，各学院尽予津贴，未卒业者为"津贴生"，已卒业者为"特待校友"，特待校友中有一辈以读书为职业的。要有这样的待遇，然后可产出高等学者。在今日的中国要靠著作度日是绝对不可能的。因社会程度过低，还养不起著作家。所以著作家的生活与地位在他国是了不得，在我国是不得了！著作家还养不起，何况能养在大学里以读书为生的书虫？这也许就是中国的"知识阶级"不打而自倒的原因。

文学的力量

夏丏尊

文学的有力量是事实。在几千年前，我们中国就知道拿文学来做移风易俗、改革社会的工具，这用现在的用语来说，就是所谓文艺政策。足见文学的力量，自古就已经大家承认的了。到了现在，因了印刷与交通的进步，识字者的增多，文学的力量愈益加增。我们可以说，文学的力量是非常之大的，只要看《黑奴吁天录》一书使黑奴得到解放，青年人读《少年维特的烦恼》有因而致自杀者，便可以明了。所以文学之有力量已是明白的事实，无须费词。今天所要讲的是以下三点：第一，文学的力量从何而来；第二，文学力量的特点；第三，文学对于读者发生力量需要什么条件。

一、文学的力量从何而来

我以为要讲文学的力量发生，应先讲文学的本身。文学的作品如诗歌小说之类，和"等因奉此"的公文，"天地元黄、宇宙洪荒"的千字文性质不同。文学的特性第一是"具象"。我们平常说话不一定是文学的，但如果用文学的方法来说，便成为文学的了。譬如我们说："日子过得很快。"这句话语不足称为文学。如果我们要使它文学化，第一就应当使其能够使人感觉到，即是使其具象化。于是我们便说："流光容易把人抛，红了樱桃，绿了芭蕉。"这样便成为文学的说法了。为什么？因为后边的一句是具象化的："抛"，"红"，"绿"，"樱桃"，"芭蕉"，都是可用感觉机关来捉摸的事象，比"日子过得很快"的说法有声有色得多。再好像我们听见人家说某某地方打仗，死了很多人。这句话当然使我们感动，但若我们果然亲身到了那个地方，眼睛看见累累的尸身，狰狞可怖，那我们所得的印象一定更深了。可见愈具象的事情愈能使人感动。

文学的力量也是同样发生的。通常说，中国人胆子小，爱面子，爱虚荣，因为了这些劣根性，于是中国人到处吃亏。但是只讲我们中国人有这些不良的品性，我们听了感动甚少。经鲁迅氏在《阿Q正传》中，假了名叫阿Q的一个人，加以一番具体的描写，便深刻多了。

文学的力量是从"具象"来的，不具象就没有力量。

文学的特性，第二是情绪的。这情绪也是使文学有力的一个条件。大凡告诉人家一件事情使他去做，有好几种的方法，或是用知识，或是诉之于情感。知识能够使人知道"如此这般"，但是很不容易使人实行。如果用情感就不同了。我们用情感使人做一件事，若是能使对方动情，对方自然便去做了。所谓"情不自禁"者，就是指这现象的话。文学的作品并不告诉人家如何如何，只把客观的事实具象地写下来，使人自己对之发生一种情绪，取得其预期的效果。

以上是讲文学本身发生力量的缘由。次之，文学的力量还可以从文学作者发生。文学作者的敏感，也是使文学有力量的原因。所谓文学作者，便是那些感情和观察力比较常人来得敏捷的写作的人：普通人看不见的，他们能够看见；普通人感觉不到的，他们感觉得到；普通人想不到的，他们也想得到。因为文学作者对于社会、对于事物的观感，比常人特别强，所以社会有变动时，先觉者往往是文学作者。世间事件所含奥秘，一般人往往不能见到，经文学作者提醒以后，方才注意及之。譬如讲到妇女解放问题，最初发动的是文学作者易卜生，他的名剧《娜拉》便是妇女解放的先声。美洲的黑奴解放，普通人都归功于《黑奴吁天录》一书。因为人生很微细的地方，文学作者都能看得到，因而把他的敏感观察得到的东西发挥创作，自然会使人佩服，对读者有力量了。

所以，文学的力量的来源，可以分作两部分，第一从文学本质而来的，由于具象，由于情绪；第二是从文学作者方面来的，便是由于作者的敏感。

二、文学力量的特点

文学的力量是感染的力量，不是教训。教训的力量是带有强迫性的，文学的力量是没有强迫性的，是自由的。近来常有一种作品，带着浓厚的教训性，露骨地显露着某种的教训。这些作品往往缺乏具象与真实的情绪，与其说是文学作品，不如说是口号的改装。口号是一种号令，具有强烈的强迫性，真正的文学的力量，性质绝非如此。文学并非全没教训，但是文学所含的教训乃系诉之于情感。文学对于世界，显然是负有使命的。文学之收教训的结果，所赖的不是强制力，而是感染力。良师对于子弟，益友对于知己，当施行教训的时候，常极力避用教训的方式，而用感化的方法，结果往往得到更大的功效。文学的力量亦正如此。

三、文学对读者发生力量的条件

文学的力量是不普遍的。文学需要着读者，某作家做了一本小说，如果国内读的人有了一万万，这一万万人也许都受了这本小说的感动，而还有三万万人没读这本小说的，是无法直接感动的。并且，一种文学作品并非对于任何读者都能发生效力。文学作品要对于读者发生效力，其主要条件是作者和读者之间的"共鸣"。作品对于读者有共鸣作用的便有力量，没有共鸣作用便无力量。这共鸣作用因空间时间而不同，因人的思想环境有别而各异。譬如讲失恋故事的作品，在我这个未曾尝过恋爱滋味的人读了，是不甚会发生共鸣的；西洋小说里面讲基督教的部分，在不懂基督教的人看来是不会发生兴趣的。一个作品里所表现的东西常有一般的与特殊的两种,大概描写一般的人性的东西,容易使多数人感动,对多数人发生有力量;至于叙写特殊的境遇的东西,如失恋的痛苦、孤儿的悲哀之类的东西,非孤儿和未曾尝过恋爱的滋味的人看了,感动要比较少。《红楼梦》是一部著名的小说,写林黛玉有许多动人的地方,但是这书在一百年前的闺秀眼中,和在现今的"摩登"小姐眼中,情形便不一样,她们的感受一定不大相同。某种作品有某种读者,《啼笑因缘》的读者和《阿Q正传》的读者,根本上是不同的人。

把上面的话归纳起来,就是:文学是有力量的。文学的力量由具象、情绪和作者的敏感而来;文学的力量,其性质是感染的,不是强迫的;文学作品对于读者发生力量,要以共鸣作用为条件。

二 读书的门径与方法

读　书

胡　适

"读书"这个题,似乎很平常,也很容易。然而我却觉得这个题目很不好讲。据我所知,"读书"可以有三种说法:

(一)要读何书　关于这个问题,《京报副刊》上已经登了许多时候的"青年必读书";但是这个问题,殊不易解决,因为个人的见解不同,个性不同。各人所选只能代表各人的嗜好,没有多大的标准作用。所以我不讲这一类的问题。

(二)读书的功用　从前有人作"读书乐",说什么"书中自有千钟粟,书中自有黄金屋,书中自有颜如玉",现在我们不说这些话了。要说,读书是求智识,智识就是权力。这些话都是大家会说的,所以我也不必讲。

(三)读书的方法　我今天是想根据个人经验,同诸位谈谈读书的方法。

我的第一句话是很平常的,就是说,读书有两个要素:

第一要精。

第二要博。

现在先说什么叫"精"。

我们小的时候读书,差不多每个小孩都有一条书签,上面写十个字,这十个字最普遍的就是"读书三到:眼到,口到,心到"。现在这种书签虽不用,三到的读书法却依然存在。不过我以为读书三到是不够的;须有四到,是:"眼到,口到,心到,手到。"我就拿它来说一说。

眼到是要个个字认得,不可随便放过。这句话起初看去似乎很容易,其实很不容易。读中国书时。每个字的一笔一画都不放过,近人费许多功夫在校勘学上,都因古人忽略一笔一画而已。读外国书要把 A, B, C, D……字母弄得清清楚楚。所以说这是很难的。如有人翻译英文,把 port 看作 pork,把 oats

看作oaks，于是葡萄酒一变而为猪肉，小草变成了大树。说起来这种例子很多，这都是眼睛不精细的结果。书是文字做成的，不肯仔细认字，就不必读书。眼到对于读书的关系很大，一时眼不到，贻害很大，并且眼到能养成好习惯，养成不苟且的人格。

口到是一句一句要念出来。前人说口到是要念到烂熟背得出来。我们现在虽不提倡背书，但有几类的书，仍旧有熟读的必要；如心爱的诗歌，如精彩的文章，熟读多些，于自己的作品上也有良好的影响。读此外的书，虽不须念熟，也要一句一句念出来，中国书如此，外国书更要如此，念书的功用能使我们格外明了每一句的构造，句中各部分的关系。往往一遍念不通，要念两遍以上，方才能明白的。读好的小说尚且要如此，何况读关于思想学问的书呢？

心到是每章每句每字意义如何？何以如是？这样用心考究。但是用心不是叫人枯坐冥想，是要靠外面的设备及思想的方法的帮助。要做到这一点，须要有几个条件：

（一）字典，辞典，参考书等工具要完备。这几样工具虽不能办到，也当到图书馆去看。我个人的意见是奉劝大家，当衣服，卖田地，至少要置备一点好的工具。比如买一本《韦氏大字典》，胜于请几个先生。这种先生终身跟着你，终身享受不尽。

（二）要做文法上的分析。用文法的知识，做文法上的分析，要懂得文法构造，方才懂得它的意义。

（三）有时要比较参考，有时要融会贯通，方能了解。不可但看字面。一个字往往有许多意义，读者容易上当。例如 turn 这字：

作外动字解有十五解，

作内动字解有十三解，

作名词解有二十六解，

共五十四解，而成语不算。

又如 strike：

作外动字解有三十一解，

作内动字解有十六解，

作名词解有十八解，

共六十五解。

又如 go 字最容易了，然而这个字：

作内动字解有二十二解，

作外动字解有三解，

作名词解有九解，

共三十四解。

以上是英文字需要加以考究的例子。英文字典是完备的；但是某一字在某一句究竟用第几个意义呢？这就非比较上下文，或贯穿全篇，不能懂了。

中文较英文更难，现在举几个例：

祭文中第一句"维某年月日"之"维"字，究作何解？字典上说它是虚字。《诗经》里"维"字有二百多，必须细细比较研究，然后知道这个字有种种意义。

又《诗经》之"于"字，"之子于归""凤凰于飞"等句，"于"字究作何解？非仔细考究是不懂的。又"言"字人人知道，但在《诗经》中就发生问题，必须比较，然后知"言"字为联接字。诸如此例甚多，中国古书很难读，古字典又不适用，非是用比较归纳的研究方法，我们如何懂得呢？

总之，读书要会疑，忽略过去，不会有问题，便没有进益。

宋儒张载说："读书先要会疑。于不疑处有疑，方是进矣。"他又说："在可疑而不疑者，不曾学。学则须疑。"又说："学贵心悟，守旧无功。"

宋儒程颐说:"学源于思。"

这样看起来,读书要求心到;不要怕疑难,只怕没有疑难。工具要完备,思想要精密,就不怕疑难了。

现在要说手到。手到就是要劳动劳动你的贵手。读书单靠眼到、口到、心到,还不够的;必须还得自己动动手,才有所得。例如:

(1)标点分段,是要动手的。

(2)翻查字典及参考书,是要动手的。

(3)做读书札记,是要动手的。札记又可分四类:

(a)抄录备忘。

(b)作提要,节要。

(c)自己记录心得。张载说:"心中苟有所开,即便札记。不则还塞之矣。"

(d)参考诸书,融会贯通,作有系统的著作。

手到的功用。我常说:发表是吸收智识和思想的绝妙方法。吸收进来的知识思想,无论是看书来的,或是听讲来的,都只是模糊零碎,都算不得我们自己的东西。自己必须做一番手脚，或做提要，或做说明，或做讨论，自己重新组织过，申述过，用自己的语言记述过，——那种智识思想方才可算是你自己的了。

我可以举一个例。你也会说"进化"，他也会谈"进化"，但你对于"进化"这个观念的见解未必是很正确的，未必是很清楚的；也许只是一种"道听途说"，也许只是一种时髦的口号。这种知识算不得知识，更算不得是"你的"知识。假使你听了我这句话，不服气，今晚回去就去遍翻各种书籍，仔细研究进化论的科学上的根据；假使你翻了几天书之后，发愤动手，把你研究所得写成一篇读书札记；假使你真动手写了这么一篇《我为什么相信进化论？》的札记，列举了：

（一）生物学上的证据；

（二）比较解剖学上的证据；

（三）比较胚胎学上的证据；

（四）地质学和古生物学上的证据；

（五）考古学上的证据；

（六）社会学和人类学上的证据。

到这个时候，你所有关于"进化论"的知识，经过了一番组织安排，经过了自己的去取叙述，这时候这些知识方才可算是你自己的了。所以我说，发表是吸收的利器；又可以说，手到是心到的法门。

至于动手标点，动手翻字典，动手查书，都是极要紧的读书秘诀，诸位千万不要轻轻放过。内中自己动手翻书一项尤为要紧。我记得前几年我曾劝顾颉刚先生标点姚际恒的《古今伪书考》。当初我知道他的生活困难，希望他标点一部书付印，卖几个钱。那部书是很薄的一本，我以为他一两个星期就可以标点完了。哪知顾先生一去半年，还不曾交卷。原来他于每条引的书，都去翻查原书，仔细校对，注明出处，注明原书卷第，注明删节之处。他动手半年之后，来对我说，《古今伪书考》不必付印了，他现在要编辑一部疑古的丛书，叫作"辨伪丛刊"。我很赞成他这个计划，让他去动手。他动手了一两年之后，更进步了，又超过那"辨伪丛刊"的计划了，他要自己创作了。他前年以来，对于中国古史，做了许多辨伪的文字；他眼前的成绩早已超过崔述了，更不要说姚际恒了。顾先生将来在中国史学界的贡献一定不可限量，但我们要知道他成功的最大原因是他的手到的功夫勤而且精。我们可以说，没有动手不勤快而能读书的，没有手不到而能成学者的。

第二要讲什么叫"博"。

什么书都读，就是博。古人说"开卷有益"，我也主张这个意思，所以说读书第一要精，第二要博。我们主张"博"有两个意思：

第一，为预备参考资料计，不可不博。

第二，为做一个有用的人计，不可不博。

第一，为预备参考资料计。

在座的人，大多数是戴眼镜的。诸位为什么要戴眼镜？岂不是因为戴了眼镜，从前看不见的，现在看得见了；从前很小的，现在看得很大了；从前看不分明的，现在看得清楚分明了？

王荆公说得最好：

> 世之不见全经久矣。读经而已，则不足以知经。故某自百家诸子之书，至于《难经》《素问》《本草》诸小说，无所不读；农夫女工，无所不问；然后于经为能知其大体而无疑。盖后世学者，与先王之时异矣；不如是，不足以尽圣人故也。……致其知而后读，以

有所去取，故异学不能乱也。惟其不能乱，故能有所去取者，所以明吾道而已。(《答曾子固书》)

他说："致其知而后读。"又说："读经而已，则不足以知经。"即如《墨子》一书在一百年前，清朝的学者懂得此书还不多。到了近来，有人知道光学、几何学、力学、工程学……一看《墨子》，才知道其中有许多部分是必须用这些科学的知识方才能懂的。后来有人知道了伦理学、心理学……懂得《墨子》更多了。读别种书愈多，读《墨子》愈懂得多。

所以我们也说，读一书而已则不足以知一书。多读书，然后可以专读一书。譬如读《诗经》，你若先读了北大出版的《歌谣周刊》，便觉得《诗经》好懂得多了；你若先读过社会学、人类学，你懂更多了；你若先读过文字学、古音韵学，你懂得更多了；你若读过考古学、比较宗教学等，你懂得的更多了。

你要想读佛家唯识宗的书吗？最好多读点伦理学、心理学、比较宗教学、变态心理学。无论读什么书总要多配几副好眼镜。

你们记得达尔文研究生物进化的故事吗？达尔文研究生物

演变的现状，前后凡三十多年，积了无数材料，想不出一个简单贯串的说明。有一天他无意中读马尔萨斯的人口论，忽然大悟生存竞争的原则，于是得着物竞天择的道理，遂成一部破天荒的名著，给后世思想界打开一个新纪元。

所以要博学者，只是要加添参考的材料，要使我们读书时容易得"暗示"；遇着疑难时，东一个暗示，西一个暗示，就不至于呆读死书了。这叫作"致其知而后读"。

第二，为做人计。

专攻一技一艺的人，只知一样，除此之外，一无所知。这一类的人，影响于社会很少。好有一比，比一根旗杆，只是一根孤拐，孤单可怜。

又有些人广泛博览，而一无所专长，虽可以到处受一班贱人的欢迎，其实也是一种废物。这一类人，也好有一比，比一张很大的薄纸，禁不起风吹雨打。

在社会上，这两种人都是没有什么大影响，为个人计，也很少乐趣。

理想中的学者，既能博大，又能精深。精深的方面，是他的专门学问。博大的方面，是他的旁搜博览。博大要几乎无所不知，精深要几乎唯他独尊，无人能及。他用他的专门学问做中心，次及于直接相关的各种学问，次及于间接相关的各种学问，次及于不很相关的各种学问，以次及毫不相关的各种泛览。这样的学者，也有一比，比埃及的金字三角塔。那金字塔（据最近《东方杂志》，第二十二卷第六号，页一四七）高四百八十英尺，底边各边长七百六十四英尺。塔的最高度代表最精深的专门学问；从此点依次递减，代表那旁搜博览的各种相关或不相关的学问。塔底的面积代表博大的范围，精深的造诣，博大的同情心。这样的人，对社会是极有用的人才，对自己也能充分享受人生的趣味。宋儒程颢说得好：

> 须是大其心使开阔：譬如为九层之台，须大做脚始得。

博学之所以"大其心使开阔"，我曾把这番意思编成两句粗浅的口号，现在拿出来贡献给诸位朋友，作为读书的目标：

> 为学要如金字塔，要能广大要能高。

十四，四，廿二夜改稿

读书杂谈——七月十六日在广州知用中学讲

鲁　迅

　　因为知用中学的先生们希望我来演讲一回，所以今天到这里和诸君相见。不过我也没有什么东西可讲。忽而想到学校是读书的所在，就随便谈谈读书。是我个人的意见，姑且供诸君参考，其实也算不得什么演讲。

　　说到读书，似乎是很明白的事，只要拿书来读就是了，但是并不这样简单。至少，就有两种：一是职业的读书，一是嗜好的读书。所谓职业的读书者，譬如，学生因为升学，教员因为要讲功课，不翻翻书，就有些危险的就是。我想在座的诸君之中一定有些这样的经验，有的不喜欢算学，有的不喜欢博物，然而不得不学，否则，不能毕业，不能升学，和将来的生计便有妨碍了。我自己也这样，因为做教员，有时即非看不喜欢看的书不可，要不这样，怕不久便会于饭碗有妨。我们习惯了，一说起读书，就觉得是高尚的事情，其实这样的读书，和木匠的磨斧头，裁缝的理针线并没有什么分别，并不见得高尚，有时还很苦痛，很可怜。你爱做的事，偏不给你做，你不爱做的，倒非做不可。这是由于职业和嗜好不能合一而来的。倘能够大家去做爱做的事，而仍然各有饭吃，那是多么幸福。但现在的社会上还做不到，所以读书的人们的最大部分，大概是勉勉强强的，带着苦痛的为职业的读书。

现在再讲嗜好的读书罢。那是出于自愿，全不勉强，离开了利害关系的。——我想，嗜好的读书，该如爱打牌的一样，天天打，夜夜打，连续地去打，有时被公安局捉去了，放出来之后还是打。诸君要知道真打牌的人的目的并不在赢钱，而在有趣。牌有怎样的有趣呢，我是外行，不大明白。但听得爱赌的人说，它妙在一张一张地摸起来，永远变化无穷。我想，凡嗜好的读书，能够手不释卷的原因也就是这样。他在每一页每一页里，都得着深厚的趣味。自然，也可以扩大精神，增加智识的，但这些倒都不计及，一计及，便等于意在赢钱的博徒了，这在博徒之中，也算是下品。

不过我的意思，并非说诸君应该都退了学，去看自己喜欢看的书去，这样的时候还没有到来；也许终于不会到，至多，将来可以设法使人们对于非做不可的事发生较多的兴味罢了。我现在是说，爱看书的青年，大可以看看本分以外的书，即课外的书，不要只将课内的书抱住。但请不要误解，我并非说，譬如在国文讲堂上，应该在抽屉里暗看《红楼梦》之类；乃是说，应做的功课已完而有余暇，大可以看看各样的书，即使和本业毫不相干的，也要泛览。譬如学理科的，偏看看文学书，学文学的，偏看看科学书，看看别个在那里研究的，究竟是怎么一回事。这样子，对于别人，别事，可以有更深的了解。现在中国有一个大毛病，就是人们大概以为自己所学的一门是最好，最妙，最要紧的学问，而别的都无用，都不足道的，弄这些不足道的东西的人，将来该当饿死。其实是，世界还没有如此简单，学问都各有用处，要定什么是头等还很难。也幸而有各式各样的人，假如世界上全是文学家，到处所讲的不是"文学的分类"便是"诗之构造"，那倒反而无聊得很了。

不过以上所说的，是附带而得的效果，嗜好的读书，本人自然并不计及那些，就如游公园似的，随随便便去，因为随随便便，所以不吃力，因为不吃力，所以会觉得有趣。如果一本书拿到手，就满心想道，"我在读书了！""我在用功了！"那就容易疲劳，因而减掉兴味，或者变成苦事了。

我看现在的青年，为兴味的读书的是有的，我也常常遇到各样的询问。此刻就将我所想到的说一点，但是只限于文学方面，因为我不明白其他的。

第一，是往往分不清文学和文章。甚至于已经来动手做批评文章的，也免不了这毛病。其实粗粗地说，这是容易分别的。研究文章的历史或理论的，是文学家，是学者；做做诗，或戏曲小说的，是做文章的人，就是古时候所谓文人，此刻所谓创作家。创作家不妨毫不理会文学史或理论，文学家也不妨做不出一句诗。然而中国社会上还很误解，你做几篇小说，便以为你一定懂得小说概论，做几句新诗，就要你讲诗之原理。我也尝见想做小说的青年，先买小说法程和文学史来看。据我看来，是即使将这些书看烂了，和创作也没有什么关系的。

事实上，现在有几个做文章的人，有时也确去做教授。但这是因为中国创作不值钱，养不活自己的缘故。听说美国小名家的一篇中篇小说，时价是二千美金；中国呢，别人我不知道，我自己的短篇寄给大书铺，每篇卖过二十元。当然要寻别的事，例如教书，讲文学。研究是要用理智，要冷静的，而创作须情感，至少总得发点热，于是忽冷忽热，弄得头昏，——这也是职业和嗜好不能合一的苦处。苦倒也罢了，结果还是什么都弄不好。那证据，是试翻世界文学史，那里面的人，几乎没有兼做教授的。

还有一种坏处，是一做教员，未免有顾忌；教授有教授的架子，不能畅所欲言。这或者有人要反驳：那么，你畅所欲言就是了，何必如此小心。然而这是事前的风凉话，一到有事，不知不觉地他也要从众来攻击的。而教授自身，纵使自以为怎样放达，下意识里总不免有架子在。所以在外国，称为"教授小说"的东西倒并不少，但是不大有人说好，至少，是总难免有令人发烦的炫学的地方。

所以我想，研究文学是一件事，做文章又是一件事。

第二，我常被询问：要弄文学，应该看什么书？这实在是一个极难回答的问题。先前也曾有几位先生给青年开过一大篇书目。但从我看来，这是没有什么用处的，因为我觉得那都是开书目的先生自己想要看或者未必想要看的书目。我以为倘要弄旧的呢，倒不如姑且靠着张之洞的《书目答问》去摸门径去。

倘是新的，研究文学，则自己先看看各种的小本子，如本间久雄的《新文学概论》，厨川白村的《苦闷的象征》，瓦浪斯基们的《苏俄的文艺论战》之类，然后自己再想想，再博览下去。因为文学的理论不像算学，二二一定得四，所以议论很分歧。如第三种，便是俄国的两派的争论，——我附带说一句，近来听说连俄国的小说也不大有人看了，似乎一看见"俄"字就吃惊，其实苏俄的新创作何尝有人介绍，此刻译出的几本，都是革命前的作品，作者在那边都已经被看作反革命的了。倘要看看文艺作品呢，则先看几种名家的选本，从中觉得谁的作品自己最爱看，然后再看这一个作者的专集，然后再从文学史上看看他在史上的位置；倘要知道得更详细，就看一两本这人的传记，那便可以大略了解了。如果专是请教别人，则各人的嗜好不同，总是格不相入的。

第三，说几句关于批评的事。现在因为出版物太多了，——其实有什么呢，而读者因为不胜其纷纭，便渴望批评，于是批评家也便应运而生。批评这东西，对于读者，至少对于和这批评家趣旨相近的读者，是有用的。但中国现在，似乎应该暂作别论。往往有人误以为批评家对于创作是操生杀之权，占文坛的最高位的，就忽而变成批评家；他的灵魂上挂了刀。但是怕自己的立论不周密，便主张主观，有时怕自己的观察别人不看重，又主张客观；有时说自己的作文的根柢全是同情，有时将校对者骂得一文不值。凡中国的批评文字，我总是越看越糊涂，如果当真，就要无路可走。印度人是早知道的，有一个很普通的比喻。他们说：一个老翁和一个孩子用一匹驴子驮着货物去出卖，货卖去了，孩子骑驴回来，老翁跟着走。但路人责备他了，说是不晓事，叫老年人徒步。他们便换了一个地位，而旁人又说老人忍心；老人忙将孩子抱到鞍鞯上，后来看见的人却说他们残酷；于是都下来，走了不久，可又有人笑他们了，说他们是呆子，空着现成的驴子却不骑。于是老人对孩子叹息道，我们只剩了一个办法了，是我们两人抬着驴子走。无论读，无论做，倘若旁征博引，结果是往往会弄到抬驴子走的。

不过我并非要大家不看批评，不过说看了之后，仍要看看本书，自己思索，自己做主。看别的书也一样，仍要自己思索，自己观察。倘只看书，便变成书橱，即使自己觉得有趣，而那趣味其实是已在逐渐硬化，逐渐死去了。我先前反对青年躲进研究室，也就是这意思，至今有些学者，还将这话算作我的一条罪状哩。

听说英国的培那特萧（Bernard Shaw），有过这样意思的话：世间最不行的是读书者。因为他只能看别人的思想艺术，不用自己。这也就是勖本华尔（Schopenhauer）之所谓脑子里给别人跑马。较好的是思索者。因为能用自己的生活力了，但还不免是空想，所以更好的是观察者，他用自己的眼睛去读世间这一部活书。

这是的确的，实地经验总比看，听，空想确凿。我先前吃过干荔枝，罐头荔枝，陈年荔枝，并且由这些推想过新鲜的好荔枝。这回吃过了，和我所猜想的不同，非到广东来吃就永不会知道。但我对于萧的所说，还要加一点骑墙的议论。萧是爱尔兰人，立论也不免有些偏激的。我以为假如从广东乡下找一个没有历练的人，叫他从上海到北京或者什么地方，然后问他观察所得，我恐怕是很有限的，因为他没有练习过观察力。所以要观察，还是先要经过思索和读书。

总之，我的意思是很简单的：我们自动的读书，即嗜好的读书，请教别人是大抵无用，只好先行泛览，然后抉择而入于自己所爱的较专的一门或几门；但专读书也有弊病，所以必须和现实社会接触，使所读的书活起来。

我的读书经验

蔡元培

我自十余岁起,就开始读书,读到现在,将满六十年了,中间除大病或其他特别原因外,几乎没有一日不读点书的,然而我也没有什么成就,这是读书不得法的缘故。我把不得法的概略写出来,可以作前车之鉴。

我的不得法第一是不能专心。我初读书的时候,读的都是旧书,不外乎考据、辞章两类。我的嗜好,在考据方面,是偏于古训及哲理的,对于典章名物,是不大耐烦的;在辞章上,是偏于散文的,对于骈文及诗词,是不大热心的。然而以一物不知为耻，种种都读，并且算学书也读，医学书也读，都没有读通。所以我曾经想编一部《说文声系义证》，又想编一本《公羊春秋大义》，都没有成书，所为文辞，不但骈文诗词，没有一首可存的，就是散文也太平凡了。到了四十岁以后我始学德文，后来又学法文，我都没有好好儿做那记生字、练文法的苦工，而就是生吞活剥地看书，所以至今不能写一篇合格的文章，做一回短期的演说。在德国进大学听讲以后，哲学史、文学史、文明史、心理学、美学、美术史、民族学统统去听，那时候这几类的参考书，也就乱读起来了。后来虽勉自收缩，以美学与美术史为主，辅以民族学，然而这类的书终不能割爱，所以想译一本美学，想编一部比较的民族学，也都没有成书。

我的不得法，第二是不能勤笔。我的读书，本来抱一种利己主义，就是书里面的短处，我不大去搜寻它，我只注意于我所认为有用的或可爱的材料。这本来不算坏，但是我的坏处，就是我虽读的时候注意于这几点，但往往为速读起见，无暇把这几点摘抄出来，或在书上做一点特别的记号，若是有时候想起来，除了德文书检目特详，尚易检寻外，其他的书，几乎不容易寻到了。我国现虽有人编"索引""引得"等，专门的辞典，也逐渐增加，寻检较易，但各人有各自的注意点，普通的检目，断不能如自己记别的方便。我尝见胡适之先生有一个时期，出门时常常携一两本线装书，在舟车上或其他忙里偷闲时翻阅，见到有用的材料，就折角或以铅笔做记号。我想他回家后或者尚有摘抄的手续。我记得有一部笔记，说王渔洋读书时，遇有新隽的典故或词句，就用纸条抄出，贴在书斋壁上，时时览读，熟了就揭去，换上新得的，所以他记得很多。这虽是文学上的把戏，但科学上何尝不可以仿作呢？我因从来懒得动笔，所以没有成就。

  我的读书的短处，我已经经验了许多的不方便，特地写出来，望读者鉴于我的短处，第一能专心，第二能勤笔，这一定有许多成效。

读　书

老　舍

若是学者才准念书,我就什么也不要说了。大概书不是专为学者预备的;那么,我可要多嘴了。

从我一生下来直到如今,没人盼望我成个学者;我永远喜欢服从多数人的意见。可是我爱念书。

书的种类很多,能和我有交情的可很少。我有决定念什么的全权;自幼儿我就会逃学,愣挨板子也不肯说我爱《三字经》和《百家姓》。对,《三字经》便可以代表一类——这类书,据我看,顶好在判了无期徒刑后去念,反正活着也没多大味儿。这类书可真不少,不知道为什么;也许是犯无期徒刑罪的太多;要不然便是太少——我自己就常想杀些写这类书的人。我可是还没杀过一个,一来是因为——我才明白过来——写这样书的人敢情有好些已经死了,比如写《尚书》的那位李二哥。二来是因为现在还有些人专爱念这类书,我不便得罪人太多了。顶好,我看是不管别人,我不爱念的就不动好了。好在,我爸爸没希望我成个学者。

第二类书也与咱无缘:书上满是公式,没有一个"然而"和"所以"。据说,这类书里藏着打开宇宙秘密的小金钥匙。我倒久想明白点真理,如地是圆的之类;可是这种书别扭,它老瞪着我。书不老老实实地当本书,瞪人干吗呀?我不能受这个气!有一回,一位朋友给我一本《相对论原理》,他说:明白这个就什么都明白了。我下了决心去念这本宝贝书。读了两个"配纸",我遇上了一个公式。我跟它"相对"了两点多钟!往后边一看,公式还多了去啦!我知道和它们"相对"下去,它们也许不在乎,我还活着不呢?

可是我对这类书,老有点敬意。这类书和第一类有些不同,我看得出。第一类书不是没法懂,而是懂了以后使我更糊涂。以我现在的理解力——比上我七岁的时候,我现在满可以做圣人了——我能明白"人之初，性本善"。明白完了，紧跟着就糊涂了；昨儿个晚上，我还挨了小女儿——玫瑰唇的小天使——一个嘴巴。我知道这个小天使性本不善，她才两岁。第二类书根本就看不懂，可是人家的纸上没印着一句废话；懂不懂的，人家不闹玄虚，它瞪我，或者我是该瞪。我的心这么一软，便把它好好放在书架上；好打好散，别太伤了和气。

这要说到第三类书了。其实这不该算一类；就这么算吧，顺嘴。这类书是这样的：名气挺大，念过的人总不肯说它坏，没念过的人老怪害羞地说将要念。譬如说《元曲》，太炎"先生"的文章，罗马的悲剧，辛克莱的小说，《大公报》——不知是哪儿出版的一本书——都算在这类里，这些书我也都拿起来过，随手便又放下了。这里还就属那本《大公报》有点劲。我不害羞，永远不说将要念。好些书的广告与威风是很大的，我只能承认那些广告做得不错，谁管它威风不威风呢。

"类"还多着呢，不便再说；有上面的三项也就足以证明我怎样的不高明了。该说读的方法。

怎样读书，在这里，是个自决的问题；我说我的，没勉强谁跟我学。第一，我读书没系统。借着什么，买着什么，遇着什么，就读什么。不懂的放下，使我糊涂的放下，没趣味的放下,不客气。我不能叫书管着我。

第二,读得很快,而不记住。书要都叫我记住,还要书干吗?书应该记住自己。对我,最讨厌的发问是:"那个典故是哪儿的呢?""那句话是怎么来着?"我永不回答这样的考问,即使我记得。我又不是印刷机器养的,管你这一套!

读得快,因为我有时候跳过几页去。不合我的意,我就练习跳远。书要是不服气的话,来跳我呀!看侦探小说的时候,我先看最后的几页,省事。

第三,读完一本书,没有批评,谁也不告诉。一告诉就糟:"嘿,你读《啼笑因缘》?"要大家都不读《啼笑因缘》,人家写它干吗呢?一批评就糟:"尊家这点意见?"我不惹气。读完一本书再打通儿架,不上算。我有我的爱与不爱,存在我自己心里。我爱念什么就念,有什么心得我自己知道,这是种享受,虽然显得自私一点。

再说呢,我读书似乎只要求一点灵感。"印象甚佳"便是好书,我没工夫去细细分析它,所以根本便不能批评。"印象甚佳"有时候并不是全书的,而是书中的一段最入我的味;因为这一段使我对这全书有了好感;其实这一段的美或者正足以破坏了全体的美,但是我不去管;有一段叫我喜欢两天的,我就感谢不尽。因此，设若我真去批评，大概是高明不了。

第四，我不读自己的书，不愿谈论自己的书。"儿子是自己的好"，我还不晓得，因为自己还没有过儿子。有个小女儿，女儿能不能代表儿子，就不得而知。"老婆是别人的好"，我也不敢加以拥护，特别是在家里。但是我准知道，书是别人的好。别人的书自然未必都好，可是至少给我一点我不知道的东西。自己的，一提都头疼！自己的书，和自己的运气，好像永远是一对儿累赘。

第五，哼，算了吧。

原载一九三四年十二月《太白》第一卷第七期

选择与鉴别——怎样阅读文艺书籍

老 舍

吃东西要有选择：吃有营养的，不吃有毒的。

对精神食粮也必须选择：好书，开卷有益；坏书，开卷有害，可能有很大的害。

在旧社会里，有些人以编写坏书或贩卖坏书为职业。有不少青年受了骗，因为看坏书而损害了身体，或道德败落，变成坏人。今天，我们还该随时警惕，不要随便抓起一本书就看，那会误中毒害。至于故意去找残余的坏书阅读，简直是自暴自弃的表现，今日的青年一定知道不该这么做。

特别应当注意选择文艺作品。有的人管小说什么的叫作闲书，并且以为随便看看闲书不会有什么害处。这不对。"闲书"可能有很大的危害。旧日的坏书多数是利用小说等文学形式写成的，只为生意兴隆，不管害人多少。我们千万不可上当。

俗话说：老不读《三国》，少不看《水浒》。这并不是说《三国》与《水浒》不好，而是说它们有很强的感染力，能够左右读者的思想感情，去模仿书中人物。确是这样：一部好小说会使读者志气昂扬，力争上游；一部坏小说会使读者志气消沉，腐化堕落。留点神吧，别采取看闲书的态度，信手拾来，随便消遣。看坏书如同吸鸦片烟，会使人上瘾，越吸越爱吸，也就受毒越深。

还有一种书，荒诞无稽，也足以使人 特别是青年与少年，异想天开，做出荒唐的事来。如剑侠小说。我们从前不是听说过：十四五岁的中学生因读剑侠小说而逃出学校，到深山古洞去访什么老祖或圣母，学习飞剑杀人，呼风唤雨等等本领。结果呢，既荒废了学业，也没找到什么老祖或圣母——世界上从来没有过什么老祖和圣母啊！使人不务正业，而去求仙修道，难道不是害处么？

怎么选择呢？不需要开一张书目，这么办就行：要看，就

075

先看当代的好作品。我们的确有许多好小说,好剧本,好诗集,好文学刊物,好革命回忆录……为什么不看这些,而单找些无聊的东西浪费时光,或有害的东西自寻苦恼呢?生活在今天,就应当关心今天的国家建设与革命事业的大事,而我们这几年出版的好作品恰好是反映这些的。它们既足以使我们受到鼓舞,争取进步,又能获得艺术上的享受,有多么好呢!

或者有人说,新的作品读起来费力,不如某些剑侠小说、言情小说、公案小说等那么简单省劲儿。首先就该矫正这个看法。在我自己的少年时期,最先接触到的就是《施公案》一类的小说。到二十岁左右,我才看到新小说。读了几本新小说之后,再拿起《施公案》来看,便看不下去了。从内容上说,新小说里所反映的正是我迫切要知道的,《施公案》没有这样的亲切。从文笔上说,新小说中有许多是艺术作品,而《施公案》没有这样的水平。新小说唤醒我对社会的关切,提高了我的文艺欣赏力。我没法子再喜爱《施公案》。后来,我自己也学习写小说,走的是新小说的路子,不是《施公案》的路子。不怕不识货,就怕货比货。比一比就知道谁高谁低了。我相信,谁都一样:念过几本新作品,就会放弃了《施公案》。

一个研究文学的人,自然要广为阅览,以便分析比较。但是，这是专家的工作，一般人不宜借口要博阅广见而一视同仁，不辨好坏，抓住什么读什么。

现代题材的作品读了不少以后，再去看古典作品，就比较妥当。因为，若是一开始就读古典作品，心中没有底，不会鉴别，往往就容易发生误解，以为古典作品中的英雄人物，不管是十八世纪的，还是十九世纪的，都是模范，值得效仿。这一定会出毛病。不论多么伟大的作家也没有一眼看到几百年后的本领。他的成功是塑造了他的时代的典型人物。但这只是那个时代的典型人物，并不足以典范千古。即使这个人物是正面的人物，是好人，他也必然带着他那个时代必不可免的缺点，不应该也不可能成为我们的模范。是呀，一个十八世纪的人怎会能够成为社会主义建设者呢？正面人物尚且如此，何况那反面人物呢？

阅读古典作品而受到感动是当然的，这正好证明古典作品之所以为古典作品，具有不朽的价值。但是，因受感动而去模仿书中人物的行为就是另一回事了。这证明读者没有鉴别的能力，糊糊涂涂地做了古代作品的俘虏。

我们能够从古典的杰作了解到某一个历史时期的男女是怎么生活着的，明白他们的一些思想感情，志愿与理想，遭遇与成败。小说等文艺作品虽然不是历史，却足以帮助我们明白些历史的发展，使我们通达，因而也就更爱我们自己的时代与社会。我们的社会制度是最进步的制度，我们的社会现实曾经是多少前哲的理想。以古比今，我们感到幸福，从而意气风发，去建设我们的社会主义。我们读过的现代好作品帮助我们认清我们的社会，鼓舞我们努力建设社会主义的雄心壮志。有了这个底子，再看古典作品，我们就有了鉴别力，叫古为今用，不叫今为古用，去做古书的俘虏。假若我们看了《红楼梦》，而不可怜那悲剧中的贾宝玉与林黛玉，不觉得我们自己是多么幸福，反倒去羡慕"大观园"中的腐烂生活，就是既没有了解《红楼梦》，也忘了自己是什么时代的人。这不仅荒唐可笑，而且会使个人消沉或堕落，使个人在社会主义建设工作上受到损失。这个害处可真不小！历史是向前进的，人也得往前走，不应后退！假若今天我们自己要写一部新《红楼梦》，大概谁也会想得到，我们必然是去描写某工厂或某人民公社的青年男女怎样千方百计地增产节约，怎样忘我地劳动，个个奋勇争先，为集体的事业去争取红旗。我们的《红楼梦》里的生活是健康的，愉快的，民主的，创造的，不会有以泪洗面的林黛玉，也不会有"大观园"中的一切乱七八糟。假若不幸有个林黛玉型的姑娘出现，我们必然会热诚地帮助她，叫她坚强起来，积极地从事生产，不再动不动地就掉眼泪。假若她是因读老《红楼梦》而学会多愁善病的，我们就会劝她读读《刘胡兰》，看看新电影，叫她先认清现代青年的责任是什么，切莫糊糊涂涂地糟蹋了自己。有选择就不至于浪费时间或遭受毒害。

有鉴别就不会认错了时代，盲目崇拜古书，错误地模仿前人，使自己不向前进，而往后退。

在这里，我主要地谈到文艺作品，因为阅读文艺作品而不加选择与鉴别，最容易使人受害。我并没有验看别种著作，说别种著作不需要选择与鉴别的意思，请勿误会。

原载一九六一年《解放军战士》一月号

怎样读小说

老 舍

写一本小说不容易,读一本小说也不容易。平常人读小说,往往以为既是"小"说,必无关宏旨,所以就随便一看,看完了顺手一扔,有无心得,全不过问。这个态度,据我看,是不大对的。光阴是宝贵的,我们既破工夫去念一本书,而又不问有无心得,岂不是浪费了光阴么?我们要这样去读小说,何不去玩玩球,练练武术,倒还有益于身体呀?再说,小说之所以能够存在,并不见完全因为它"小"而易读,可供消遣。反之,它之所以能够存在,正因为它有它特具的作用,不是别的书籍所能替代的。化学不能代替心理学，物理学不能代替历史；同样地，别的任何书籍也都不能代替小说。小说是讲人生经验的。我们读了小说，才会明白人间，才会知道处身涉世的道理。这一点好处不是别的书籍所能供给我们的。哲学能教咱们"明白"，但是它不如小说说得那么有趣，那么亲切，那么感动人，因为哲学太板着面孔说话，而小说则生龙活虎地去描写，使人感到兴趣，因而也就不知不觉地发生了潜移默化的作用。历史也写人间，似乎与小说相同。可是，一般地说，历史往往缺乏着文艺性，使人念了头疼；即使含有文艺性，也不能像小说那样圆满生动、活龙活现。历史可以近乎小说，但代替不了小说。世间恐怕只有小说能原原本本、头头是道地描画人世生活，并且能暗示出人生意义。就是戏剧也没有这么大的本事，因为戏剧须摆在舞台上去，而舞台的限制就往往教剧本不能像小说那样自由描画。于此，我们知道了，小说是在书籍里另成一格，也就与别种书籍同样的有它独立的、无可代替的价值与使命。它不是仅供我们念着"玩"的。

读小说，第一能教我们得到益处的，便是小说的文字。世界上虽然也有文字不甚好的伟大小说，但是一般地来说，好的小说大多数是有好文字的。所以，我们读小说时，不应只注意它的内容，也须学习它的文字：看它怎么以最少的文字，形容出复杂的心态物态来；看它怎样用最恰当的文字，把人情物状一下子形容出来，活生生地立在我们的眼前。况且一部小说中，又是有人有景有对话，千状万态，包罗万象，更是使我们心宽眼亮，多见多闻；假若我们细心去读的话，它简直就是一部最好的最丰富的模范文。反之，假若我们读到一部文字不甚好的小说，即使它有些内容，我们也就知道这部小说是不甚完美的，因为它有个文字拙劣的缺点。在我们读过一段描写人，或描写事物的文字以后，试把小说放在一边，而自己拟作一段，我们便得到很不小的好处，因为拿我们自己的拟作与原文一比，就看出来人家的是何等简洁有力，或委婉多姿。而且还可以看出来，人家之所以能体贴入微者，必是由真正的经验而来，并不是先写好了"人生于世"而后敷衍成章的。假若我们也要写好文章，我们便也应该去细心观察人生与事物，观察之后，加以揣摩，而后我们才能把其中的精彩部分捉到，下笔如有神矣。闭着眼瞎想是写不出来东西的。

文字以外，我们该注意的是小说的内容。要断定一本小说内容的好坏，颇不容易，因为世间的任何一件事都可以作为小说的材料，实在不容易分别好坏。不过，大概地说，我们可以这样来决定：关心社会的便好，不关心社会的便坏。这似乎是说，要看作者的态度如何了。同一件事，在甲作家手里便当作一个社会问题而提出之，在乙作家手里或者就当作一件好玩的事来说。前者的态度严肃，关切人生；后者的态度随便，不关切人生。那么，前者就给我们一些知识，一点教训，所以好；后者只是供我们消遣，白费了我们的光阴，所以不好。青年们读小说，往往喜爱剑侠小说。行侠仗义，好打不平，本是一个黑暗社会中应有的好事。倘若作者专向着"侠"字这一方面去讲，他多少必能激动我们的正义感，使我们也要有除暴安良的抱负。反之，倘若作者专注意到"剑"字上去，说什么口吐白光，斗了三天三夜的法而不分胜负，便离题太远，而使我们渐渐走入魔道了。青年们没有多少判断能力，而且又血气方刚，喜欢热闹，故每每以惊奇与否断定小说的好歹，而不知惊奇的事未必有什么道理，我们费了许多光阴去阅读，并不见得有丝毫的好处。同样地，小说的穿插若专为故作惊奇，并不见得就是好作品，因为卖关子，耍笔调，都是低卑的技巧；而好的小说，虽然没有这些花样，也自能引人入胜。一部好的小说，必是真有得说，真值得说；它决不求助于小小的技巧来支持门面。作者要怎样说，自然有个打算，但是这个打算是想把故事如何表现得更圆满更生动更经济，绝不是多绕几个圈子把故事拉得长长的，好多赚几个钱。所以，我们读一本小说，绝不该以内容与穿插的惊奇与否而定去取，而是要以作者怎样处理内容的态度，和怎样设计去表现，去定好坏。假若我们能这样去读小说，则小说一定不是只供消遣的东西，而是对我们的文学修养，与处世的道理，都大有裨益的。

原载一九四三年三月十日《国文杂志》
第一卷四、五期合刊

我的读书的经验

章衣萍

读书月刊编辑顾仞千先生要我写一篇文章,题目是《我的读书的经验》。这个题目是很有意义的,虽然我不会做文章,也不能不勉强把我个人的一点愚见写出来。

我幼时的最初的第一个教我读书的先生是我的祖父。我的祖父是一个前清的贡生,八股文、古文都做得很好。他壮年曾在乡间教书,后来改经商了,在休宁办了一个小学,他做校长。我的祖父是一个很庄重的人,他不苟言笑。乡间妇女看见都怕他,替他取了一个绰号,叫作"钟馗"。

我幼时很怕我的祖父。他教我识字读书，第一件要紧的事是读得熟。我起初念《三字经》，后来念《幼学琼林》，再后来念《孝经》《论语》《孟子》《大学》《中庸》等书。这些书小孩子念来，自然是没有趣味，虽然我的祖父也替我讲解。我的祖父每次替我讲一篇书，或二三页，或四五页，总叫我一气先念五十遍。我幼时记性很好。有时每篇书念五十遍就能背诵了。但我的祖父以为就是能背诵了也不够，一定要再念五十遍或一百遍。往往一篇书每日念到四百遍的。有一次我竟念得大哭起来。现在想来，我的祖父的笨法虽然可笑，但我幼时所读的书到如今还有很多能背诵的。可见笨法也有好用处。

我的第二教我读书的先生是我的父亲。我的父亲是一个商人，读书当然不多，但他有一个很好的信仰，是"开卷有益"。他因为相信宋太宗这句老话，所以对于我幼时看书并不禁止。我进高等小学已经九岁，那时已经读过许多古书，对于那些浮浅的国文教科书颇不满意。那时我寄宿在休宁潜阜店里，傍晚回店，便在店里找着小说来看。起初看的是《三国演义》，《三国演义》总看了至少十次，因为店里的伙计们没事时便要我讲三国故事，所以我不能不下苦功去研究。后来接着看《水浒传》《西游记》《封神传》《说唐》《说岳》《施公案》《彭公案》

等书，凡在潜阜找得到，借得到的小说我都看。往往晚上点起蜡烛来看，后来竟把眼睛看坏了。

我的祖父教我读书要读得熟，我的父亲教我读书要读得多。我受了我祖父的影响，所以就是看小说也看到极熟，例如《三国演义》中的孔明祭周瑜的祭文（《三国演义》第五十七回），孔明的《出师表》（《三国演义》第九十一回）以及曹操在长江中做的诗（《三国演义》第四十八回），貂蝉在凤仪亭对吕布说的话（《三国演义》第八回），我都记得很熟。所以有一次高小里先生出了一个题目是《致友书》，我便把"度日如年"（貂蝉对吕布说的）的话用上了。这样不求甚解地熟读书，自然不免有时闹出笑话，因为看小说时只靠着自己的幼稚的理解力，有些不懂的地方也囫囵过去了，这是很危险的。读书读得熟是要紧的，但还有要紧的事是要读得懂。

我受了我的父亲的影响，相信"开卷有益"，所以后来在师范学校的两年，对于功课不十分注意，课外的杂志新书却看得很多。那时徽州师范学校的校长是胡子承先生，他禁止学生做白话文、看《新青年》，但他愈禁止，我愈要看。我记得那时《新青年》上发表的胡适之、周作人、刘半农、沈尹默一些人的白话诗，我都背得很熟。我受《新青年》的影响，所以做白话文、白话诗简直入迷，后来竟因此被学校开除。我现在所以有一些文学趣味全是我的多看书的影响，但我这些影响也有不好的地方，就是我个人看书到现在还是没有条理，多读书免不了乱读，乱读同乱吃东西一样，是有害的。

我十七岁到南京读书，在南京读了一年书后，胡适之先生到南京讲学，我去看他。我问他读书应该怎样读法？他说"应该克期"。克期是一本书拿到手里，定若干期限读完，就该准期读完。胡先生的话是很对的。我后来看书，也有时照着胡先生的话去做，只可惜生活问题压迫我，我在南京北京读书全是半工半读，有时一本书拿到手里，想克期读完，竟不可能，在我，这是很痛苦的。现在，生活问题还没有解决，而苦痛的病魔又缠绕着我了。几时我才能真正"克期"去读书呢？

我的读书的经验如上面所说，是很简单的：第一，应该读得熟；第二，应该读得多；第三，应该克期读书。

我是一个不赞成现代学校制度的人，我主张"普通的自由"（usual liberty），我曾说：

> 吾国自清代光绪变政，设立学校，同时年级制也输了进来。年级制是以教员为中心，以教科书为工

具,聚智愚不同的学生于一级,不问学生的个性,使他们同时学一样的功课,在一个教室内听讲,聪明的人嫌教师讲得太慢,呆笨的人嫌教师讲得太快。聪明的人只得坐在课堂打瞌睡、看小说、混时间,等着呆笨的人追赶,呆笨的人却整日整夜地忙着,连吃饭、睡觉、如厕都没有工夫,结果还是追赶聪明人不上。所以有一次胡适之先生同我们一班小朋友说笑话,"你们也想进学校吗?我以为学校是为呆笨人而设的。"对呀,现在所谓年级制的学校,的确是为呆笨人而设的。一本陈文编的"算术",聪明的学生只要两个月就演完了,学校里偏要教上一年半载;一部顾颉刚编的《初中国文》,聪明的学生只要半年就可读完了,学校里偏要教上三年四年。况且在同一时间内,一听要强迫许多学生听同样的干燥乏味的功课,所以有时教员正在堂上津津有味地讲"修身而后家齐,家齐而后国治,国治而后天下平";学生的头脑里,也许竟在想,"贾宝玉初试云雨情","景阳冈武松打虎"。……(《古庙集》37~38页)

我是不赞成现在的学校制度的。现代的学校可以使学生得着文凭,却不能包管学生能不能得着学问。老实说:学校教育的用处,不过有几个教员,教学生读书读得懂而已,像上海滩上的一些野鸡大学、流氓教员,他们自己读书读得懂不懂还是一个问题。在今日中国有志读书的人,只有靠着自己,只有靠着自己去用功,学校是没有用处的。

有人说,"自己读书,读不懂怎样办呢?"我说,"可以去问懂得的人,你的朋友,你的亲戚,你的敬爱的先生,但不一定是在学校里的。"一切参考的书籍、字典,也可以帮助人们读书读得懂。

根据我的一点小小经验,给青年人——有志读书的青年人,进几条忠告:

第一,我以为读书应该多读,应该熟读,应该克期的读。

第二,我以为读书不懂便应该问朋友、亲戚、你所敬爱的先生,或是字典、参考书。读书应该每字每句都读懂,"不求甚解"是不对的。

第三,我以为今日中国有志读书的人应该学通英文或日文,以作研究外国学问的工具,单读中国书是不够的,我们应该多读外国书。

我的话虽然简单而且浅薄呵,希望对于有志读书的中国青年,有一点小小的用处!

一九三一年三月二十日,改稿

论百读不厌

朱自清

前些日子参加了一个讨论会，讨论赵树理先生的《李有才板话》。座中一位青年提出了一件事实：他读了这本书觉得好，可是不想重读一遍。大家费了一些时候讨论这件事实。有人表示意见，说不想重读一遍，未必减少这本书的好，未必减少它的价值。但是时间匆促，大家没有达到明确的结论。一方面似乎大家也都没有重读过这本书，并且似乎从没有想到重读它。然而问题不但关于这一本书，而是关于一切文艺作品。为什么一些作品有人"百读不厌"，另一些却有人不想读第二遍呢？是作品的不同吗？是读的人不同吗？如果是作品不同，"百读不厌"是不是作品评价的一个标准呢？这些都值得我们思索一番。

苏东坡有《送章惇秀才失解西归》诗，开头两句是：

旧书不厌百回读，
熟读深思子自知。

"百读不厌"这个成语就出在这里。"旧书"指的是经典，所以要"熟读深思"。《三国志·魏志·王肃传·注》：

人有从（董遇）学者，遇不肯教，而云"必当先读百遍"，言"读书百遍而意自见"。

经典文字简短，意思深长，要多读，熟读，仔细玩味，才能了解和体会。所谓"意自见""子自知"，着重自然而然，这是不能着急的。这诗句原是安慰和勉励那考试失败的章惇秀才的话，劝他回家再去安心读书，说"旧书"不嫌多读，越读越玩味越有意思。固然经典值得"百回读"，但是这里着重的还在那读书的人。简化成"百读不厌"这个成语，却就着重在读的书或作品了。这成语常跟另一成语"爱不释手"配合着，在读的时候"爱不释手"，读过了以后"百读不厌"。这是一种赞词和评语，传统上确乎是一个评价的标准。当然，"百读"只是"重读""多读""屡读"的意思，并不一定一遍接着一遍地读下去。

经典给人知识，教给人怎样做人，其中有许多语言的、历史的、修养的课题，有许多注解，此外还有许多相关的考证，读上百遍，也未必能够处处贯通，教人多读是有道理的。但是后来所谓百读不厌，往往不指经典而指一些诗，一些文，以及一些小说；这些作品读起来津津有味，重读、屡读也不腻味，所以说"不厌"；"不厌"不但是"不讨厌"，并且是"不厌倦"。诗文和小说都是文艺作品，这里面也有一些语言的和历史的课题，诗文也有些注解和考证；小说方面呢，却直到近代才有人注意这些课题，于是也有了种种考证。但是过去一般读者只注意诗文的注解，不大留心那些课题，对于小说更其如此。他们集中在本文的吟诵或浏览上。这些人吟诵诗文是为了欣赏，甚至于只为了消遣，浏览或阅读小说更只是为了消遣，他们要求的是趣味，是快感。这跟诵读经典不一样。诵读经典是为了知识，为了教训，得认真、严肃、正襟危坐地读，不像读诗文和小说可以马马虎虎的，随随便便的，在床上，在火车轮船上都成。这么着可还能够教人"百读不厌"，那些诗文和小说到底是靠了什么呢？

在笔者看来，诗文主要是靠了声调，小说主要是靠了情节。过去一般读者大概都会吟诵，他们吟诵诗文，从那吟诵的声调或吟诵的音乐得到趣味或快感，意义的关系很少；只要懂得字面儿，全篇的意义弄不清楚也不要紧的。梁启超先生说过李义山的一些诗，虽然不懂得究竟是什么意思，可是读起来还是很有趣味（大意）。这种趣味大概一部分在那些字面儿的影像上，一部分就在那七言律诗的音乐上。字面儿的影像引起人们奇丽的感觉；这种影像所表示的往往是珍奇、华丽的景物，平常人不容易接触到的，所谓"七宝楼台"之类。民间文艺里常常见到的"牙床"等，也正是这种作用。民间流行的小调以音乐为主，而不注重词句，欣赏也偏重在音乐上，跟吟诵诗文也正相同。感觉的享受似乎是直接的，本能的，即使是字面儿的影像所引起的感觉，也还多少有这种情形，至于小调和吟诵，更显然直接诉诸听觉，难怪容易唤起普遍的趣味和快感。至于意义的欣赏，得靠综合诸感觉的想象力，这个得有长期的教养才成。然而就像教养很深的梁启超先生，有时也还让感觉领着走，足见感觉的力量之大。

小说的"百读不厌"，主要的是靠了故事或情节。人们在儿童时代就爱听故事，尤其爱奇怪的故事。成人也还是爱故事，不过那情节得复杂些。这些故事大概总是神仙、武侠、才子、佳人，经过种种悲欢离合，而以大团圆终场。悲欢离合总得不同寻常，那大团圆才足奇。小说本来起于民间，起于农民和小市民之间。在封建社会里，农民和小市民是受着重重压迫的，他们没有多少自由，却有做白日梦的自由。他们寄托他们的希望于超现实的神仙，神仙化的武侠，以及望之若神仙的上层社会的才子佳人；他们希望有朝一日自己会变成了这样的人物。这自然是不能实现的奇迹，可是能够给他们安慰、趣味和快感。他们要大团圆，正因为他们一辈子是难得大团圆的，奇情也正是常情啊。他们同情故事中的人物，"设身处地"地"替古人担忧"，这也因为事奇人奇的缘故。过去的小说似乎始终没有完全移交到士大夫的手里。士大夫读小说，只是看闲书，就是作小说，也只是游戏文章，总而言之，消遣而已。他们得化装为小市民来欣赏，来写作；在他们看，小说奇于事实，只是一种玩意儿，所以不能认真、严肃，只是消遣而已。

封建社会渐渐垮了,"五四"时代出现了个人,出现了自我,同时成立了新文学。新文学提高了文学的地位;文学也给人知识,也教给人怎样做人,不是做别人的,而是做自己的人。可是这时候写作新文学和阅读新文学的,只是那变了质的下降的士和那变了质的上升的农民和小市民混合成的知识阶级,别的人是不愿来或不能来参加的。而新文学跟过去的诗文和小说不同之处,就在它是认真地负着使命。早期的反封建也罢,后来的反帝国主义也罢,写实的也罢,浪漫的和感伤的也罢,文学作品总是一本正经地在表现着并且批评着生活。这么着文学扬弃了消遣的气氛,回到了严肃——古代贵族的文学如《诗经》,本来倒是严肃的。这负着严肃的使命的文学,自然不再注重"传奇",不再注重趣味和快感,读起来也得正襟危坐,跟读经典差不多,不能再那么马马虎虎,随随便便的。但是究竟是形象化的,诉诸情感的,跟经典以冰冷的抽象的理智的教训为主不同,又是现代的白话,没有那些语言的和历史的问题,所以还能够吸引许多读者自动去读。不过教人"百读不厌"甚至教人想去重读一遍的作品,的确是很少了。

新诗或白话诗,和白话文,都脱离了那多多少少带着人工的、音乐的声调,而用着接近说话的声调。喜欢古诗、律诗和骈文、古文的失望了，他们尤其反对这不能吟诵的白话新诗；因为诗出于歌，一直不曾跟音乐完全分家，他们是不愿扬弃这个传统的。然而诗终于转到意义中心的阶段了。古代的音乐是一种说话，所谓"乐语"，后来的音乐独立发展，变成"好听"为主了。现在的诗既负上自觉的使命，它得说出人人心中所欲言而不能言的，自然就不注重音乐而注重意义了。——一方面音乐大概也在渐渐注重意义，回到说话罢？——字面儿的影像还是用得着，不过一般地看起来，影像本身，不论是鲜明的，朦胧的，可以独立地诉诸感觉的，是不够吸引人了；影像如果必须得用，就要配合全诗的各部分完成那中心的意义，说出那要说的话。在这动乱时代，人们着急要说话，因为要说的话实在太多。小说也不注重故事或情节了，它的使命比诗更见分明。它可以不靠描写，只靠对话，说出所要说的。这里面神仙、武侠、才子、佳人，都不大出现了，偶然出现，也得打扮成平常人；是的，这时代的小说的人物，主要的是些平常人了，这是平民世纪啊。至于文，长篇议论文发展了工具性，让人们更如意地也更精密地说出他们的话，但是这已经成为诉诸理性的了。诉诸情感的是那发展在后的小品散文，就是那标榜"生活的艺术"，抒写"身边琐事"的。这倒是回到趣味中心，企图着教人"百读不厌"的，确乎也风行过一时。然而时代太紧张了，不容许人们那么悠闲；大家嫌小品文近乎所谓"软性"，丢下了它去找那"硬性"的东西。

文艺作品的读者变了质了，作品本身也变了质了，意义和使命压下了趣味，认识和行动压下了快感。这也许就是所谓"硬"的解释。"硬性"的作品得一本正经地读，自然就不容易让人"爱不释手"，"百读不厌"。于是"百读不厌"就不成其为评价的标准了，至少不成其为主要的标准了。但是文艺是欣赏的对象，它究竟是形象化的，诉诸情感的，怎么"硬"也不能"硬"到和论文或公式一样。诗虽然不必再讲那带几分机械性的声调，却不能不讲节奏，说话不也有轻重高低快慢吗？节奏合式，才能集中，才能够高度集中。文也有文的节奏，配合着意义使意义集中。小说是不注重故事或情节了，但也总得有些契机来表现生活和批评它；这些契机得费心思去选择和配合，才能够将那要说的话，要传达的意义，完整地说出来，传达出来。集中了的完整了的意义，才见出情感，才让人乐意接受，"欣赏"就是"乐意接受"的意思。能够这样让人欣赏的作品是好的，是否"百读不厌"，可以不论。在这种情形之下，笔者同意：《李有才板话》即使没有人想重读一遍，也不减少它的价值,它的好。

但是在我们的现代文艺里,让人"百读不厌"的作品也有的。例如鲁迅先生的《阿Q正传》,茅盾先生的《幻灭》《动摇》《追求》三部曲,笔者都读过不止一回,想来读过不止一回的人该不少罢。在笔者本人,大概是《阿Q正传》里的幽默和三部曲里的几个女性吸引住了我。这几个作品的好已经定论,它们的意义和使命大家也都熟悉,这里说的只是它们让笔者"百读不厌"的因素。《阿Q正传》主要的作用不在幽默,那三部曲的主要作用也不在铸造几个女性,但是这些却可能产生让人"百读不厌"的趣味。这种趣味虽然不是必要的,却也可以增加作品的力量。不过这里的幽默决不是油滑的,无聊的,也决不是为幽默而幽默,而女性也决不就是色情,这个界限是得弄清楚的。抗战期间,文艺作品尤其是小说的读众大大地增加了。增加的多半是小市民的读者,他们要求消遣,要求趣味和快感。扩大了的读众,有着这样的要求也是很自然的。长篇小说的流行就是这个要求的反映,因为篇幅长,故事就长,情节就多,趣味也就丰富了。这可以促进长篇小说的发展,倒是很好的。可是有些作者却因为这样的要求,忘记了自己的边界,放纵到色情上,以及粗劣的笑料上,去吸引读众,这只是迎合低级趣味。而读者贪读这一类低级的软性的作品，也只是沉溺，说不上"百读不厌"。"百读不厌"究竟是个赞词或评语，虽然以趣味为主，总要是纯正的趣味才说得上的。

一九四七年十月十日作

共通的门径

邓 拓

读书，做学问，进行研究工作，到底有什么窍门没有？这是朋友们在谈论中提到的一个问题。

记得有一次《夜话》的题目是《不要秘诀的秘诀》，中心意思是劝告大家不要听信什么"读书秘诀"之类的东西。直到现在，我的这个意见仍然没有改变。因此，本来不想再谈这个问题。

但是，近来仍然有许多读者来信，要求多讲些学习方法。他们说："不一定要什么秘诀，指出一点门径就好。"为了答复这个要求，现在另外提出一点意见，供大家参考。

有的读者也许以为我喜欢看古书，所以来信要我"开列几本古书，作为学习的入门"。这是一个很大的误会。我不主张大家以古书为入门。古书要在一定的条件下才能读的，否则越读越要糊涂。而且即便有了一定条件能读古书，也不可陷在古书堆里拔不出来。

明代有一位学者曹于汴，在他所著的《共发编》中就曾经说过："古人之书不可不多读，但靠书不得，靠读不得，靠古人不得！"这个见解很对。曹于汴的为人处世，也正表现了他的这种独立不阿的精神。他在明代万历年间举进士，官至左佥都御史，力持正义，终为魏忠贤那一伙奸臣所不容，那是必然的。

当然，这样的读书态度并不止曹于汴一人。从来有学问的人都懂得："尽信书不如无书。"何况于盲目地靠读古书，那能够解决什么问题呢？

其实，无论读书，做学问，进行研究工作，首先需要的本钱，还不是什么专门问题的知识，而是最一般的最基本的用来表情达意和思考问题的工具。这就是要学习和掌握语言文字和一般逻辑的知识。

如果一个人不会正确地运用语言文字，就很难谈到做学问、进行研究工作等问题，这是非常明显的。不能设想，一个文字不通的人，怎么能够充分表达自己的思想？又怎么能够通晓各科知识呢？

如果一个人连一般的逻辑都不懂得，当然就很难进行正确的思维，很难对自己接触的客观事物进行科学的概括，更不可能进行科学的判断和推理了。事实证明，有的人正是因为缺乏逻辑的基本训练，常常说了许多不合逻辑的十分荒谬的话，自己还不觉得它的荒谬，甚至于还自鸣得意。也有的人因为不懂得逻辑，对于别人不合逻辑的荒谬言论，竟然也不能觉察它的荒谬，甚至于随声附和，人云亦云。

根据这两方面的情况，所以我一直认为，如果自己要研究什么学问的话，最好想想自己是否学会了语言文字和一般逻辑。如果不会，就必须先把语言文字和逻辑常识学会，这是做一切学问的基本功。

这个基本功学会以后，还要不断地练习，越练越熟，当然就越善于读书，越会做研究工作。没有练好基本功以前，并不是完全不能做专门的学问，只是效果可能不会很好。但是，也不必等到基本功完全练好了，然后才去做专门的学问，尽可以同时并进，双管齐下。

当自己掌握了一定的基本功，能够独立思考和写作的时候，就可以进一步找到自己要研究的专门问题的书籍，抓住适合自己需要的最重要的著作，哪怕只有一两本也行，把它读得烂熟，透彻地理解它的全部内容。然后，在这个基础上，就无妨广泛地阅读其他书籍和参考资料，越多越好。这样日久天长，自己的知识必然会丰富起来，再加上实际调查研究和亲身实践的体验，就不难在某一专门问题的研究上，做出一点半点的成绩来。

有的朋友在来信中还再三谈到博与专的关系问题，认为这个问题不好解决，表示很苦恼。实际上这个问题不难解决。博与专都是相对的，不是绝对的。没有无所不知的博学之士，也没有只知一事一物而不知其他的专门家。同时，在一个专门的学术领域之内，仍然有博与不博、专与不专，也就是广与不广、精与不精之分。一般来说，在博的基础上求专，或者在专的基础上求博；先求博而后求专，或者先求专而后求博，都是可以的。

在练习基本功和学习专业基础知识的时候，书要一本一本地精读。正如明代胡居仁的《丽泽堂学约》上写的："读书务在循序渐进，一书已熟，方读一书，勿得鲁莽躐等，虽多无益。"打好了基础之后，为了扩大知识的领域，就要多读多看，如汉代王充那样，"博通众流百家之言"，才能在学问上有所成就。

无论如何，每个人的情形不同，水平不同，要求不同，上面说的这些当然不能完全适合于每一个人。这里只不过提出一个共通的门径而已。

三 与书有关的那些事

读廉价书

汪曾祺

文章滥贱,书价腾涌。我已经有好多年不买书了。这一半也是因为房子太小,买了没有地方放。年轻时倒也有买书的习惯。上街,总要到书店里逛逛,挟一两本回来。但我买的,大都是便宜的书。读廉价书有几样好处:一是买得起,掏出钱时不肉痛;二是无须珍惜,可以随便在上面圈点批注;三是丢了就丢了,不心疼。读廉价书亦有可记之事,爱记之。

一折八扣书

一折八扣书盛行于三十年代，中学生所买的大都是这种书。一折，而又打八扣，即定价如是一元，实售只是八分钱。当然书后面的定价是预先提高了的。但是经过一折八扣，总还是很便宜的。为什么不把定价压低，实价出售，而用这种一折八扣的办法呢，大概是投合买书人贪便宜的心理：这差不多等于白给了。

一折八扣书多是供人消遣的笔记小说，如《子不语》《夜雨秋灯录》《续齐谐记》等。但也有文笔好，内容有意思的，如余澹心的《板桥杂记》、冒辟疆的《影梅庵忆语》。也有旧诗词集。我最初读到的《漱玉词》和《断肠词》就是这种一折八扣本。《断肠词》的样子我到现在还记得，封面是砖红色的，侧画一支滴下两滴墨水的羽毛笔。一折八扣书都很薄，但也有较厚的，《剑南诗钞》即是相当厚的两本。这书的封面是米黄色的铜版纸，王西神题签。这在一折八扣书中是相当贵的了。

星期天，上午上街，买买东西（毛巾、牙膏、袜子之类），吃一碗脆鳝面或辣油面（我读高中在江阴，江阴的面我以为是做得最好的，真是细若银丝，汤也极好）、几只猪油青韭馅饼

（满口清香），到书摊上挑一两本一折八扣书，回校。下午躺在床上吃粉盐豆（江阴的特产），喝白开水，看书，把三角函数、化学分子式暂时都忘在脑后，考试、分数，于我何有哉，这一天实在过得蛮快活。

一折八扣书为什么卖得如此之贱？因为成本低。除了垫出一点纸张油墨，就不须花什么钱。谈不上什么编辑，选一个底本，排印一下就是。大都只是白文，无注释，多数连标点也没有。

我倒希望现在能出这种无前言后记，无注释、评语、考证，只印白文的普及本的书。我不爱读那种塞进长篇大论的前言后记的书，好像被人牵着鼻子走。读了那样板着面孔的前言和啰唆的后记，常常叫人生气。而且加进这样的东西，书就卖得很贵了。

扫叶山房

扫叶山房是龚半千的斋名，我在南京，曾到清凉山看过其遗址。但这里说的是一家书店。这家书店专出石印线装书，白连史纸，字颇小，但行间加栏，所以看起来不很吃力。所印书大都几册作一部，外加一个蓝布函套。挑选的都是内容比较严肃、有一定学术价值的古籍，这对于置不起善本的想做点学问的读书人是方便的。我不知道这家书店的老板是何许人，但是觉得是个有心人，他也想牟利，但也想做一点于人有益的事。这家书店在什么地方，我不记得了，印象中好像在上海四马路。扫叶山房出的书不少，嘉惠士林，功不可泯。我希望有人调查一下扫叶山房的始末，写一篇报告，这在中国出版史上将是有意思的一笔，虽然是小小的一笔。

我买过一些扫叶山房的书，都已失去。前几年架上有一函《景德镇陶录》，现在也不知去向了。

旧书摊

昆明的旧书店集中在文明街，街北头路西，有几家旧书店。我们和这几家旧书店的关系，不是去买书，倒是常去卖书。这几家旧书店的老板和伙计对于书都不大内行，只要是稍微整齐一点的书，古今中外，文法理工，都要，而且收购的价钱不低。尤其是工具书，拿去，当时就付钱。我在西南联大时，时常断顿，有时日高不起，拥被坠卧。朱德熙看我到快十一点钟还不露面,便知道我午饭还没有着落,于是挟了一本英文字典,走进来,推推我:"起来起来,去吃饭!"到了文明街,出脱了字典,两个人便可以吃一顿破酥包子或两碗闷鸡米线,还可以喝二两酒。

工具书里最走俏的是《辞源》。有一个同学发现一家书店的《辞源》的收售价比原价要高出不少,而拐角的商务印书馆的书架就有几十本崭新的《辞源》,于是以原价买到,转身即以高价卖给旧书店。他这种搬运工作干了好几次。

我应当在昆明旧书店也买过几本书,是些什么书,记不得了。

在上海,我短不了逛逛旧书店。有时是陪黄裳去,有时我自己去。也买过几本书。印象真凿的是买过一本英文的《威尼斯商人》。其时大概是想好好学学英文,但这本《威尼斯商人》始终没有读完。

我倒是在地摊上买到过几本好书。我在福煦路一个中学教书,有一个工友,姑且叫他老许吧,他管打扫办公室和教室外面的地面,打开水,还包几个无家的单身教员的伙食。伙食极简便,经常提供的是红烧小黄鱼和炒鸡毛菜。他在校门外还摆了一个书摊。他这书摊是名副其实的"地摊",连一块板子或油布也没有，书直接平摊在人行道的水泥地上。老许坐于校门内侧，手里做着事，择菜或清除洋铁壶的水碱，一面拿眼睛向地摊上瞟着。我进进出出，总要蹲下来看看他的书。我曾经买过他一些书，——那是和烂纸的价钱差不多的，其中值得纪念的有两本。一本是张岱的《陶庵梦忆》，这本书现在大概还在我家不知哪个角落里。一本在我来说，是很名贵的：万有文库汤显祖评本《董解元西厢记》。我对董西厢一直有偏爱，以为非王西厢所可比。汤显祖的批语包括眉批和每一出的总批，都极精彩。这本书字大，纸厚，汤评是照手书刻印的。汤显祖字似欧阳率更《张翰帖》，秀逸处似陈老莲，极可爱。我未见过临川书真迹，得见此影印刻本，而不禁神往不置。"万有文库"算是什么稀罕版本呢？但在我这个向不藏书的人，是视同珍宝的。这书跟随我多年，约十年前为人借去不还，弄得我想引用汤评时，只能于记忆中得其仿佛，不胜怅怅！

小镇书遇

我戴了"右派"帽子，下放张家口沙岭子劳动。沙岭子是宣化至张家口之间的一个小站，这里有一个镇，本地叫作

"堡"（读如"捕"）。每遇星期天、节假日，没有什么地方可去，我们就去堡里逛逛。堡里有一个供销社（卖红黑灯芯绒、凤穿牡丹被面、花素直贡呢、动物饼干、果酱面包、油盐酱醋、韭菜花、青椒糊、臭豆腐），一个山货店，一个缝纫社，一个木业生产合作社，一个兽医站。若是逢集，则有一些卖茄子、辣椒、疙瘩白的菜担，一些用绳络网在筐里的小猪秧子。我们就怀了很大的兴趣，看凤穿牡丹被面，看铁锅，看扫帚，看茄子，看辣椒，看猪秧子。

堡里照例还有一个新华书店。充斥于书架上的当然是毛选，此外还有些宣传计划生育的小册子、介绍化肥农药配制的科普书、连环画《智取威虎山》《三打白骨精》。有一天，我去逛书店，忽然在一个书架的最高层发现了几本书：《梦溪笔谈》《容斋随笔》《癸巳类稿》《十驾斋养新录》。我不无激动地搬过一张凳子，把这几册书抽下来，请售货员计价。售货员把我打量了一遍，开了发票。

"你们这个书店怎么会进这样的书？"

"谁知道！也除是你，要不然，这几本书永远不会有人要。"

不久，我结束劳动，派到县上去画马铃薯图谱。我就带了这几本书，还有一套郭茂倩的《乐府诗集》，到沽源去了。白天画图谱，夜晚灯下读书，如此"右派"，当得！

这几本书是按原价卖给我们的，不是廉价书。但这是早先的定价，故不贵。

鸡蛋书

赵树理同志曾希望他的书能在农村的庙会上卖，农民可以拿几个鸡蛋来换。这个理想一直未见实现。用实物换书，有一定困难，因为鸡蛋的价钱是涨落不定的。但是便宜到只值两三个鸡蛋，这样的书原先就有过。

我家在高邮北市口开了一爿中药店万全堂。万全堂的廊下常年摆着一个书摊，两张板凳支三块门板，"书"就一本一本地平放在上面。为了怕风吹跑，用几根削方了的木棍横压着。摊主用一个小板凳坐在一边，神情古朴。这些书都是唱本，封面一色是浅紫色的很薄的标语纸的，上面印了单线的人物画，都与内容有关，左边留出长方的框，印出书名：《薛丁山征西》《三请樊梨花》《李三娘挑水》《孟姜女哭长城》……里面是白色有光纸石印的"文本"，两句之间空一字，念起来不易串行。我曾经跟摊主借阅过。一本"书"一会儿就看完了，因为只有几页，看完一本，再去换。这种唱本几乎千篇一律，开头总是："自从盘古开天地，三皇五帝到如今。"三皇五帝是和什么故事都挨得上的。唱词是没有多大文采的，但却文从字顺，合辙押韵（七字句和十字句）。当中当然有许多不必要的"水词"。老舍先生曾批评旧曲艺有许多不必要的字，如"开言有语叫张生"，"叫张生"就得了嘛，干吗还要"开言"还"有语"呢？不行啊，不这样就凑不足七个字，而且韵也押不好。这种"水词"在唱本中比比皆是，也自成一种文理。我倒想什么时候有空，专门研究一下曲艺唱本里的"水词"。不是开玩笑，我觉得我们的新诗里所缺乏的正是这种"水词"，字句之间过于拥挤，这是题外话。我读过的唱本最有趣的一本是《王婆骂鸡》。

这种唱本是卖给农民的。农民进城，打了油，撕了布，称了盐，到万全堂买了治牙疼的"过街笑"、治肚子疼的暖脐膏，顺便就到书摊上翻翻，挑两本，放进捎码子，带回去了。

农民拿了这种书，不是看，是要大声念的。会唱"送麒麟""看火戏"的还要打起调子唱。一人唱念，就有不少人围坐静听。自娱娱人，这是家乡农村的重要文化生活。

唱本定价一百二十文左右，与一碗宽汤饺面相等，相当于三个鸡蛋。

这种石印唱本不知是什么地方出的（大概是上海），曲本作者更不知道是什么人。

另外一种极便宜的书是"百本张"的鼓曲段子。这是用毛边纸手抄的，折叠式，不装订，书面写出曲段名，背后有一方长方形的墨印"百本张"的印记（大小如豆腐干）。里面的字颇大，是蹩脚的馆阁体楷书，而皆微扁。这种曲本是在庙会上卖的，我曾在隆福寺买到过几本。后来，就再看不见了。这种唱本的价钱，也就是相当于三个鸡蛋。

附带想到一个问题，北京的鼓词俗曲的资料极为丰富，可是一直没有人认真地研究过。孙楷第先生曾编过俗曲目录，但只是目录而已。事实上这里可研究的东西很多，从民俗学的角度，从北京方言角度，当然也从文学角度，都很值得钻进去，搞十年八年。一般对北京曲段多只重视其文学性，重视罗松窗、韩小窗，对于更俚俗的不大看重。其实有些极俗的曲段。如"阔大奶奶逛庙会""穷大奶奶逛庙会"，单看题目就知道是非常有趣的。车王府有那么多曲本，一直躺在首都图书馆睡觉，太可惜了！

一九八六年七月八日

书 房

梁实秋

书房，多么典雅的一个名词！很容易令人联想到一个书香人家。书香是与铜臭相对的。其实书未必香，铜亦未必臭。周彝商鼎，古色斑斓，终日摩挲亦不觉其臭，铸成钱币才沾染市侩味，可是不复流通的布帛刀错又常为高人赏玩之资。书之所以为香，大概是指松烟油墨印上了毛边连史，从不大通风的书房里散发出来的那一股怪味，不是桂馥兰薰，也不是霉烂馊臭，是一股混合的难以形容的怪味。这种怪味只有书房里才有，而只有士大夫人家才有书房。书香人家之得名大概是以此。

寒窗之下苦读的学子多半是没有书房，囊萤凿壁的就更不用说。所以对于寒苦的读书人，书房是可望而不可即的豪华神仙世界。伊士珍《琅嬛记》："张华游于洞宫，遇一人引至一处。别是天地，每室各有奇书，华历观诸室书，皆汉以前事，多所未闻者，问其地，曰：'琅嬛福地也。'"这是一位读书人希求冥想一个理想的读书之所，乃托之于神仙梦境。其实除了赤贫的人饔飧不继谈不到书房外，一般的读书人，如果肯要一个书房，还是可以好好布置出一个来的。有人分出一间房子养来烹鸡，也有人分出一间房子养狗，就是匀不出一间做书房。我还见过一位富有的知识分子，他不但没有书房，也没有书桌，我亲见他的公子趴在地板上读书，他的女公子用一块木板在沙发上写字。

一个正常的良好的人家，每个孩子应该拥有一个书桌，主人应该拥有一间书房。书房的用途是庋藏图书并可读书写作于其间，不是用以公开展览借以骄人的。"丈夫拥有万卷书，何假南面百城！"这种话好像是很潇洒而狂傲，其实是心尚未安无可奈何的解嘲语，徒见其不丈夫。书房不在大，亦不在设备佳，适合自己的需要便是。局促在几尺宽的走廊一角，只要放得下一张书桌,依然可以作为一个读书写作的工厂,大量出货。光线要好,空气要流通,红袖添香是不必要的,既没有香,"素腕举,红袖长"反倒会令人心有别注。书房的大小好坏,和一个读书写作的成绩之多少高低,往往不成正比例。有好多著名作品是在监狱里写的。

我看见过的考究的书房当推宋春舫先生的褐木庐为第一,在青岛的一个小小的山头上,这书房并不与其寓邸相连,是单独的一栋。环境清幽,只有鸟语花香,没有尘嚣市扰。《太平清话》:"李德茂环积坟籍,名曰书城。"我想那书城未必能和褐木庐相比。在这里,所有的图书都是放在玻璃柜里,柜比人高,但不及栋。我记得藏书是以法文戏剧为主。所有的书都是精装,不全是buckram(胶硬粗布),有些是真的小牛皮装订(half calf, ooze calf, etc),烫金的字在书脊上排着队闪闪发亮。也许这已经超过了书房的标准,微近于藏书楼的性质,因为他还有一册精印的书目,普通的读书人谁也不会把他书房里的图书编目。

周作人先生在北平八道湾的书房,原名苦雨斋,后改为苦茶庵,不离苦的味道。小小的一幅横额是沈尹默写的。是北平式的平房,书房占据了里院上房三间,两明一暗。里面一间是知堂老人读书写作之处，偶然也延客品茗，几净窗明，一尘不染。书桌上文房四宝井然有致。外面两间像是书库，约有十个八个书架立在中间，图书中西兼备，日文书数量很大。真不明白苦茶庵的老和尚怎么会掉进了泥淖一辈子洗不清！

闻一多的书房，和"闻一多先生的书桌"一样，充实、有趣而乱。他的书全是中文书，而且几乎全是线装书。在青岛的时候，他仿效青岛大学图书馆庋藏中文图书的办法，给成套的中文书装制蓝布面，用白粉写上宋体字的书名，直立在书架上。这样的装备应该是很整齐可观，但是主人要作考证，东一部西一部的图书便要从书架上取下来参加獭祭的行列了，其结果是短榻上、地板上，唯一的一把木根雕制的太师椅上，全都是书。那把太师椅玲珑邦硬，可以入画，不宜坐人，其实亦不宜于堆书，却是他书斋中最惹眼的一个点缀。

潘光旦在清华南院的书房另有一种情趣。他是以优生学专家的素养来从事我国谱牒学研究的学者，他的书房收藏这类图书极富。他喜欢用书槐，那就是用两块木板将一套书夹起来，立在书架上。他在每套书系上一根竹制的书签，签上写着书名。这种书签实在很别致，不知杜工部《将赴草堂途中有作》所谓"书签药裹封尘网"的书签是否即系此物。光旦一直在北平，失去了学术研究的自由,晚年丧偶,又复失明,想来他书房中那些书签早已封尘网了!

汗牛充栋,未必是福。丧乱之中,牛将安觅?多少爱书的人士都把他们苦心聚集的图书抛弃了,而且再也鼓不起勇气重建一个像样的书房。藏书而充栋,确有其必要,例如从前我家有一部小字本的图书集成,摆满上与梁齐的靠着整垛山墙的书架,取上层的书须用梯子,爬上爬下很不方便,可是充栋的书架有时仍是不可少。我来台湾后,一时兴起,兴建了一个连在墙上的大书架,邻居绸缎商来参观,叹曰:"造这样大的木架有什么用,给我摆列绸缎尺头倒还合用。"他的话是不错的,书不能令人致富。书还给人带来麻烦,能像郝隆那样七月七日在太阳底下晒肚子就好,否则不堪衣鱼之扰,真不如尽量地把图书塞入腹笥,晒起来方便,运起来也方便。如果图书都能作成"显微胶片"纳入腹中,或者放映在脑子里,则书房就成为不必要的了。

买　书

朱自清

买书也是我的嗜好，和抽烟一样。但这两件事我其实都不在行，尤其是买书。在北平这地方，像我那样买，像我买的那些书，说出来真寒碜死人；不过本文所要说的既非诀窍，也算不得经验，只是些小小的故事，想来也无妨的。

在家乡中学时候，家里每月给零用一元。大部分都报效了一家广益书局，取回些杂志及新书。那老板姓张，有点儿抽肩膀，老是捧着水烟袋；可是人好，我们不觉得他有市侩气。他肯给我们这班孩子记账。每到节下，我总欠他一元多钱。

他催得并不怎么紧；向家里商量商量，先还个一元也就成了。那时候最爱读的一本《佛学易解》（贾丰臻著，中华书局印行）就是从张手里买的。那时候不买旧书，因为家里有。只有一回，不知哪儿捡来《文心雕龙》的名字，急着想看，便去旧书铺访求：有一家拿出一部广州套版的，要一元钱，买不起；后来另买到一部，书品也还好，纸墨差些，却只花了小洋三角。这部书还在，两三年前给换上了磁青纸的皮儿，却显得配不上。

到北平来上学入了哲学系，还是喜欢找佛学书看。那时候佛经流通处在西城卧佛寺街鹫峰寺。在街口下了车，一直走，快到城根儿了，才看见那个寺。那是个阴沉沉的秋天下午，街上只有我一个人。到寺里买了《因明入正理论疏》《百法明门论疏》《翻译名义集》等。这股傻劲儿回味起来颇有意思；正像那回从天坛出来，挨着城根，独自个儿，探险似的穿过许多没人走的碱地去访陶然亭一样。在毕业的那年，到琉璃厂华洋书庄去，看见新版韦伯斯特大字典，定价才十四元。可是十四元并不容易找。想来想去，只好硬了心肠将结婚时候父亲给做的一件紫毛（猫皮）水獭领大氅亲手拿着，走到后门一家当铺里去，说当十四元钱。柜上人似乎没有什么留难就答应了。这件大氅是布面子，土式样，领子小而毛杂——原是用了两副

"马蹄袖"拼凑起来的。父亲给做这件衣服,可很费了点张罗。拿去当的时候,也踌躇了一下,却终于舍不得那本字典。想着将来准赎出来就是了。想不到竟不能赎出来,这是直到现在翻那本字典时常引为遗憾的。

重来北平之后,有一年忽然想搜集一些杜诗。一家小书铺叫文雅堂的给找了不少,都不算贵;那伙计是个麻子,一脸笑,是铺子里少掌柜的。铺子靠他父亲支持,并没有什么好书;去年他父亲死了,他本人不大内行,让伙计吃了,现在长远不来了,他不知怎么样。说起杜诗,有一回,一家书铺送来高丽本《杜律分韵》,两本书,索价三百元。书极不相干而索价如此之高,荒谬之至,况且书面上原购者明明写着"以银二两得之"。第二天另一家送来一样的书,只要二元钱,我立刻买下。北平的书价,离奇有如此者。

旧历正月里厂甸的书摊值得看;有些人天天巡礼去。我住得远,每年只去一个下午——上午摊儿少。土地祠内外人山人海摩肩接踵地来往。也买过些零碎东西;其中有一本是《伦敦竹枝词》,花了三毛钱。买来以后,恰好《论语》要稿子,选抄了些寄去,加上一点说明,居然得着五元稿费。这是仅有的一次,买的书赚了钱。

在伦敦的时候，从寓所出来，走过近旁小街。有一家小书店门口摆着一架旧书。上前去徘徊了一下，看见一本《牛津书话选》(The Book Lovers' Anthology)，烫花布面，装订不马虎，四百多面，本子也不小，准有七八成新，才一先令六便士，那时合中国一元三毛钱，比东安市场旧洋书还贱些。这选本节录许多名家诗文，说到书的各方面的；性质有点像叶德辉氏《书林清话》，但不像《书林清话》有系统；他们旨趣原是两样的。因为买这本书，结识了那掌柜的；他以后给我找了不少便宜的旧书。有一种书，他找不到旧的，便和我说，他们批购新书按七五扣，他愿意少赚一扣，按九扣卖给我。我没有要他这么办，但是很感谢他的好意。

一九三五年一月十日

烧书记

郑振铎

我们的历史上,有了好几次的大规模的"烧书"之举。秦始皇帝统一六国后,便来了一次烧书。"史官非《秦纪》,皆烧之。非博士官所职,天下敢有藏《诗》《书》百家语者,悉诣守尉杂烧之。有敢偶语《诗》《书》者弃市。以古非今者族。吏见知不举者与同罪。令下三十日,不烧,黥为城旦。所不去者,医药卜筮种树之书,若欲有学法令,以吏为师。"这是最彻底的烧书,最彻底的愚民之计,和一般殖民地政府,不设立大学而只开设些职业、工艺学校者,有异曲同工之妙。

此后，烧书的事，无代无之。有的烧历史文献，以泯篡夺之迹；有的烧佛教、道教的书，以谋宗教上的统一，有的烧淫秽的书，以维持道德的纯洁。近三百年，则有清代诸帝的大举烧书。我们读了好几本的所谓"全毁""抽毁"书目，不禁凛然生畏；至今尚觉得在异族铁蹄下的文化生活的如何窒塞难堪！

"八一三"后，古书、新书之被毁于兵火之劫者多矣。就我个人而论，我寄藏于虹口开明书店里的一百多箱古书，就在八月十四日那一天被烧，烧得片纸不存。我看见东边的天空，有紫黑色的烟云在突突地向上升，升得很高很高，然后随风而四散，随风而淡薄，被烧的东西的焦渣，到处地飘坠。其中就有许多有字迹的焦纸片。我曾经在天井里拾到好几张，一触手便粉碎，但还可以辨识得出些字迹，大约是教科书之类居多。我想，我的书能否捡得到一二张烧焦了的呢？——那时，我已经知道开明书店被烧的情形——当然，这想头是很可笑的。就捡得到了又有什么意义，还不是徒增切恻与愤激么？

这是兵火之劫；未被劫的还安全地被保存着。所遭劫的还只是些不幸的一二隅之地。但到了"一二八"敌兵占领了旧租界后，那情形却大是不同了。

我们听到要按家搜查的消息，听到为了一二本书报而逮捕人的消息，还听到无数的可怖的怪事，奇事，惨事。

许多人心里都很着急起来，特别是有"书"的人家。他们怕因"书"惹祸，却又舍不得割爱，又不敢卖出去——卖出去也没有人敢要。有好几个友人，天天对书发愁。

"这部书会有问题么？"

"这个杂志留下来不要紧么？"

"到底是什么该留的，什么不该留的？"

"被搜到了，有什么麻烦没有？"

各个人在互相地询问着，打听着。但有谁能够说明哪几部书是有问题的，或哪些东西是可留的呢？

我那时正忙于烧毁往来有关的信件，有关的记载，和许多报纸、杂志及抗日的书籍——连地图也在内。

我硬了心肠在烧。自己在壁炉里生了火，一包包，一本本，撕碎了，扔进去，眼看它们烧成了灰，一蓬蓬的黑烟从烟道里冒出来，烧焦了的纸片，飞扬到四邻，连天井里也有了不少。

心头像什么梗塞着，说不出的难过。但为了特殊的原因，我不能不如此小心。

连秋白送给我的签了名的几部俄文书，我也不能不把它们送进壁炉里去。

我觉得自己实在太残忍了！我眼圈红了不止一次，有泪水在落。是被烟熏的罢？

实在舍不得烧的许多书，却也不能不烧。踌躇又踌躇，选择又选择，有的头一天留下了，到了第二三天又狠了心把它们烧了。有的，已经烧了，心里却还在惋惜着，觉得很懊悔，不该把它们烧去。

但有了第一次淞沪战争时虹口、闸北一带的经验——有《征倭论》一类的书而被杀，被捉的人不少——自然不能不小心。对于发了狂的兽类，有什么理可讲呢！

整整地烧了三天。我翻箱倒箧地搜查着，捧了出来，动员孩子们在撕在烧。

"爸爸，这本书很好玩，留下来给我罢。"孩子们在恳求着。

我难过极了！我也何尝不想留下来呢？但只好摇摇头，说道："烧了罢，下回去买好一点的画给你。"

在这时候，就有好些住在附近的朋友们在问，什么书该烧，什么书不必烧。

我没法回答他们，领了他们到壁炉边去。

"你自己看吧。我在烧着呢。但我的情形不同。你自己斟酌着办罢。"

这一场烧书的大劫，想起来还有余栗与余憾。

不烧，不是至今还无恙么？

但谁能料得到呢？

把它们设法寄藏到别的地方去罢。

但为什么要"移祸"呢？这是我所绝对不肯做的事。

这是我不能不狠心动手烧的一个原因。

但也实在有些人把自认为"不安全"的书寄藏到别人家里去的。

这还是出于自动的烧。究竟自动烧书的人还不多。大量的"违碍"的书报还储藏在许多人家里。有许多人不肯烧，不想烧，也有人不知道烧，甚至有人压根儿没有想到这件事。

过了不久，敌人的文化统治的手腕加强了。他们通过了保甲的组织，挨户按家地通知，说：凡有关抗日的书籍、杂志、日报等，必须在某天以前，自动烧毁或呈缴出来。否则严惩不贷。

同时，在各书店，各图书馆，搜查抗日书报，一车车地载运而去，不知运向何方，也不知它们的运命如何。

这一次烧书的规模大极了！差不多没有一家不在忙着烧书的。他们不耐烦呈缴出去，只有出于烧之一途。最近若干年来的报纸、杂志遭劫最甚。有许多人索性把报纸、杂志全都烧毁了，免得惹起什么麻烦。

外间谣传说，连包东西的报纸，上面有了什么抗日的记载，也要追究、捕捉的。

因之，旧报纸连包东西的资格也被取消了。

最可怜的是，有的朋友已经到了内地去，他们的书籍还藏在家里，或寄存在某友处。家里的人到处打听，问要紧不要紧，甚至去问保甲处的人。他们当然说要紧的，甚至还加上些恫吓的话。

于是，不分青红皂白的，他们把什么书全都付之一炬；只要是有字的，无不投到了火炉里去。

记得清初三令五申地搜求"禁书"的时候，有些藏书家的后人，为了省得惹祸，也是将全部古书整批地烧了去。

这个书劫，实在比兵、比火、比水等等大劫更大得多，更普遍而深入得多了！

这样纷扰了近一个多月，始终不曾见敌伪方面有什么正式的文告。又有人说，这是出于误会，日本人方面并没有这个意思。

于是烧书的火渐渐地又灭了，冷了，终至不再有人提起这件事。

不烧的人，忘了烧的人，特地要小心保存这类抗日文献的人，当然也有。

许多抗日文献还保存得不少。像《文汇年刊》之类，我家里便还保存着，忘记了烧。

书如何能烧得尽呢？"野火烧不尽，春风吹又生。"以烧书为统治的手法，徒见其心劳日拙而已。

但愿这种书劫，以后不再有！

售书记

郑振铎

嗟食何如售故书,疗饥分得蠹虫余。

丹黄一付绛云火,题跋空传士礼居。

展向晴窗胸次了,抛残午枕梦回初。

莫言自有屠龙技,剩作天涯稗贩徒。

以上是一个旧友的《售书诗》,这个旧友和我常在古书店里见到。从前,大家都买书,不免带点争夺的情形,彼此有些猜忌。劫中,我卖书,他也卖书,见了面,大家未免常常叹气,谈着从来不会上口的柴米油盐的问题。他先卖石印书,自印的书，然后卖明清刊本的书。后来，便不常在古书店见到他了。大约书已卖得差不多，不是改行做别的事，便是守在家里不出门。关于他，有种种的传说。我心里很难过，实在不愿意在这里再提起，这是一位在这个大时代里最可惜、残酷的牺牲者。但写下他抄给我的这首诗时，我不能不黯然！

说到售书，我的心境顿时要阴晦起来。谁想得到，从前高高兴兴，一部部，一本本，收集起来，每一部书，每一本书，都有它的被得到的经过和历史；这一本书是从哪一家书店里得到的，那一部书是如何地见到了，一时踌躇未取，失去了，不料无意中又获得之；那一部书又是如何的先得到一二本，后来，好容易方才从某书店的残书堆里找到几本，恰好配全，配全的时候，心里是如何的喜悦；也有永远配不全的，但就是那残帙也很可珍贵，古宫的断垣残刻，不是也足以令人流连忘返么？那一本书虽是薄账，却是孤本单行，极不易得；那一部书虽是同光间刊本，却很不多见；那一本书虽已收入某丛书中，这本却是单刻本，与丛书本异同甚多；那一部书见于禁书目录，虽为陋书，亦自可贵。至于明刊精本，黑口古装者，万历竹纸，传世绝罕者，与明清史料关系极巨者，稿本手迹，从无印本者，等等。则更是见之心暖，读之色舞。虽绝不巧取豪夺,却自有其争斗与购取之阅历。差不多每一本,每一部书于得之之时都有不同的心境,不同的作用。为什么舍彼取此,为什么前弃今取,在自己个人的经验上,也各自有其理由。譬如,二十年前,在中国书店见到一部明刊蓝印本《清明集》和一部道光刊本《小四梦》,价各百金,我那时候倾囊只有此数,那么,还是购《小四梦》吧。因为我弄中国戏曲史,《小四梦》是必收之书。然而在版本上,或在藏书家的眼光看来,那《清明集》——一部极罕见的古法律书,却是如何的珍奇啊!从前,我不大收清代的文集,但后来觉得有用,便又开始大量收购了。从前,对于词集有偏嗜,有见必收。后来,兴趣淡了些,便于无意中失收了不少好词集。凡此种种,皆寄托着个人的感情。如鱼饮水,冷暖自知。谁想得到,凡此种种,费尽心力以得之者,竟会出以易米么?谁更会想得到,从前一本本、一部部书零星收得,好容易集成一类,堆作数架者,竟会一捆捆、一箱箱地拿出去卖的么?我从来不肯好好地把自己的藏书编目,但在出卖的时候,买书的先要看目录,便不能不咬紧牙关,硬了头皮去编。编目的时候,觉得部部书、本本书都是可爱的,都是舍不得去的,都是对我有用的,然而又不能不割售。摩挲着,仔细地翻看着,有时又摘抄了要用的几节几段,终于舍不得，不愿意把它上目录。但经过了一会儿，究竟非卖钱不可，便又狠了狠心，把它写上。在劫中，像这样的"编目"，不止三两次了。特别在最近的两年中，光景更见困难了，差不多天天都在打"书"的主意，天天在忙于编目。假如天还不亮的话，我的出售书目又要从事编写了。总是先去其易得者，例如《四部丛刊》、百衲本《廿四史》之类，《四部丛刊》，连二三编，我在前年只卖了伪币四万元；百衲本《廿四史》，只卖了伪币一万元。谁想得到，在今年今日，要想再得到一部，便非花了整年的薪水还不够么？只好从此不做再收藏这一类大部书的念头了。最伤心的是，一部石印本《学海类编》，我不时要翻查，好几次书友们见到了，总要怂恿我出卖，我实在舍不得。但最后，却也不得不卖了。卖得的钱，还不够半个月花，然而如今再求得一部，却也已非易了。其后，卖了一大批明本书，再后来，又卖了八百多种清代文集，最后，又卖了好几百种清代总集文集及其他杂书。大凡可卖的，几乎都已卖尽了！所万万舍不得割弃的是若干目录书、词曲书、小说书和版画书。最后一批，拟目要去的便是一批版画书。天幸胜利来得恰如其时，方才保全了这一批万万舍不得去的东西。否则，再拖长了一年半载，恐怕连什么也都要售光了。但我虽然舍不得与书相别,而每当困难的时光,总要打它的主意,实在觉得有点对不起它!如果把积"书"当作了回货——有些暴发户实在有如此的想头,而且也实在如此地做,听说,有一个人,所囤积的《四部丛刊》便有廿余部——那么,售去倒也没有什么伤心。不幸,我的书都是"有所谓"而收集起来的,这样的一大批一大批的"去",怎么能不痛心呢?售去的不仅是"书",同时也是我的"感情",我的"研究工作",我的"心的温暖"!当时所以硬了心肠要割舍它,实在是因为"别无长物"可去。不去它,便非饿死不可。在饿死与去书之间选择一种,当然只好去书。我也有我的打算,每售去一批书,总以为可以维持个半年或一年。但物价的飞涨,每每把我的计划全部推翻了。所以只好不断地在编目,在出售;不断地在伤心,有了眼泪,只好往肚里倒流下去。忍着,耐着,叹着气,不想写,然而又不能不一部部地编写下去。那时候,实在恨自己,为什么从前不藏点别的,随便什么都可以,偏要藏什么劳什子的书呢?曾想告诉世人说,凡是穷人,凡是生活不安定的人,没有恒产、资产的人,要想储蓄什么,随便什么都可以,只千万不要藏书。书是积藏来用,来读的,不是来卖的。卖书时的惨楚的心情实在受得够了!到了今天,我心上的创伤还没有愈好;凡是要用一部书，自己已经售了去的，想到书店里去再买一部，一问价，只好叹口气，现在的书已经不是我辈所能购置的了。这又是用手去剥疮疤的一个刺激。索性狠了心，不进书店，也决心不再去买什么书了。书兴阑珊，于今为最。但书生积习，扫荡不易，也许不久还会发什么收书的雅兴吧。

但究竟不能不感谢"书"，它竟使我能够度过这几年难渡的关头。假如没有"书"，我简直只有饿死的一条路走！

香港的旧书市

戴望舒

这里有生意经,也有神话。

香港人对于书的估价,往往是会使外方人吃惊的。明清善本书可以论斤称,而一部极平常的书却会被人视为稀世之珍。一位朋友告诉我,他的亲戚珍藏着一部《中华民国邮政地图》,待价而沽,须港币五千元(合国币四百万元)方肯出让。这等奇闻,恐怕只有在那个小岛上听得到吧。版本自然更谈不到,"明版康熙字典"一类的笑谈,在那里也是家常便饭了。

这样的一个地方,旧书市的性质自然和北平、上海、苏州、杭州、南京等地不同。不但是规模的大小而已，就连收买的方式和售出的对象，也都有很大的差别。那里卖旧书的仅是一些变相的地摊，沿街靠壁钉一两个木板架子，搭一个避风雨的遮棚，如此而已。收书是论斤断秤的，道林纸和报纸印的书每斤出价约港币一二毫，而全张报纸的价钱却反而高一倍；有硬面书皮的洋装书更便宜一点，因为纸板"重秤"，中国纸的线装书，出到一毫一斤就是最高的价钱了。他们比较肯出价钱的倒是学校用的教科书、簿记学书、研究养鸡养兔的书等，因为要这些书的人是非购不可的，所以他们也就肯以高价收入了。其次是医科和工科用书，为的是转运内地可以卖很高的价钱。此外便剩下"杂书"，只得卖给那些不大肯出钱的他们所谓"藏家"和"睇家"了。他们最大的主顾是小贩。这并不是说香港小贩最深知读书之"实惠"的人，在他们是无足重轻的。

旧书摊最多的是皇后大道中央戏院附近的楼梯街，现在共有五个摊子。从大道拾级上去，左手第一家是"龄记"，管摊的是一个十余岁的孩子（他父亲则在下面一点公厕旁边摆废纸摊），年纪最小，却懂得许多事。著《相对论》的是爱因斯坦，歌德是德国大文豪，他都头头是道。日寇占领香港后，这摊子收到了大批德日文学书,现在已卖得一本也不剩,又经过了一次失窃,现在已没有什么好东西了。隔壁是"焯记",摊主是一个老实有礼貌的中年人,专卖中国铅印书,价钱可不便宜,不看也没有什么关系。他对面是"季记",管摊的是姐妹二人。到底是女人,收书卖书都差点功夫。虽则有时能看顾客的眼色和态度见风使舵,可是索价总嫌"离谱"(粤语不合分寸)一点。从前还有一些《四部丛刊》零本,现在却单靠卖教科书和字帖了。"季记"隔壁本来还有"江培记",因为生意不好,已把存货称给鸭巴甸街的"黄沛记",摊位也顶给卖旧铜烂铁的了。上去一点,在摩罗街口,是"德信书店",虽号称书店,却仍旧还是一个摊子。主持人是一对少年夫妇,书相当多,可是也相当贵。他以为是好书,就一分钱也不让价,反之,没有被他注意的书,讨价之廉竟会使人不相信。"格吕尼"版的波德莱尔的《恶之华》和韩波的《作品集》,两册只讨港币一元,希米式的《莎士比亚字典》会论斤称给你,这等事在我们看来,差不多有点近乎神话了。"德信书店"隔壁是"华记"。虽则摊号仍是"华记",老板却已换过了。原来的老板是一家父母兄弟四人,在沦陷期中旧书全盛时代,他们在楼梯街竟拥有两个摊子之多。一个是现在这老地方,一个是在"焯记"隔壁,现在已变成旧衣摊了。因为来路稀少，顾客不多，他们便把滞销的书盘给了现在的管摊人，带着好销一些的书到广州去开店了，听说生意还不错呢。现在的"华记"已不如从前远甚，可是因为地利的关系（因为这是这条街第一个摊子，经荷里活道拿下旧书来卖的，第一先经过他的手，好的便宜的，他有选择的优先权），有时还有一点好东西。

在楼梯街，当你走到了"华记"的时候，书市便到了尽头。那时你便向左转，沿着荷里活道走两三百步，于是你便走到鸭巴甸街口。

鸭巴甸街的书摊名声还远不及楼梯街的大，规模也比较小一点，书类也比较新一点。可是那里的书，一般地说来，是比较便宜点。下坡左首第一家是"黄沛记"，摊主是世业旧书的，所以对于木版书的知识，是比其余的丰富得多，可是对于西文书，就十分外行了。在各摊中，这是取价最廉的一个。他抱着薄利多销主义，所以虽在米珠薪桂的时期，虽则有八口之家，他还是每餐叨以饮二两双蒸酒。可是近来他的摊子上也没有什么书，只剩下人批无人过问的日文书，和往日收下来的瓷器古董了。"黄沛记"对面是"董莹光"，也是鸭巴甸街的一个老土地。可是人们却称呼它为"大光灯"。大光灯意思就是煤油打气灯。因为战前这个摊子除了卖旧书以外还出租煤油打气灯。那些"大光灯"现在已不存在了,而这雅号却留了下来。"大光灯"的书本来是不贵的,可是近来的索价却大大地"离谱"。据内中人说,因为有几次随便开了大价,居然有人照付了,他卖出味道来,以后就一味地上天讨价了。从"董莹光"走下几步,开在一个店铺中的,是"萧建英"。如果你说他是书摊,他一定会跳起来,因为在楼梯街和鸭巴甸街这两条街上,他是唯一有店铺的——虽则是极其简陋的店铺。管店的是兄弟二人。那做哥哥的人称之为"高佬",因为又高又瘦。他从前是送行情单的,路头很熟,现在也差不多整天不在店,却四面奔走着收书。实际上在做生意的是他的十四五岁的弟弟。虽则还是一个孩子,做生意的本领却比哥哥更好,抓定了一个价钱之后,你就莫想他让一步。所以你想便宜一点,还是和"高佬"相商。因为"高佬"收得勤,书摊是常常有新书的。可是,近几月以来,因为来源涸绝,不得不把店面的一半分租给另一个专卖翻版书的摊子了。

在现在的"萧建英"斜对面,战前还有一家"民生书店",是香港唯一专卖线装古书的书店,而且还代顾客装潢书籍号书根。工作不能算顶好,可是在香港却是独一无二的。不幸在香港沦陷后就关了门,现在,如果在香港想补裱古书,除了送到广州去以外就毫无办法了。

鸭巴甸街的书摊尽于此矣,香港的书市也就到了尽头了。此外,东碎西碎还有几家书摊,如中环街市旁以卖废纸为主的一家,西营盘兼卖教科书的"肥林",跑马地黄泥甬道以租书为主的一家,可是绝少有可买的书,奉劝不必劳驾。再等而下之,那就是禧利街晚间的地道的地摊子了。

本文根据戴望舒自留剪报,载《时事周报》,

署名戴丞,年月不详

记马德里的书市

戴望舒

无匹的散文家阿索林,曾经在一篇短文中,将法国的书店和西班牙的书店,作了一个比较。他说:

在法兰西,差不多一切书店都可以自由地进去,行人可以披览书籍而并不引起书贾的不安;书贾很明白,书籍的爱好者不必常常要购买,而他的走进书店去,也并不目的是为了买书;可是,在翻阅之下,偶然有一部书引起了他的兴趣,他就买了它去。在西班牙呢，那些书店都像神圣的圣体龛子那样严封密闭着，而一个陌生人走进书店里去，摩挲书籍，翻阅一会儿，然而又从来路而去这等的事，那简直是荒诞不经，闻所未闻的。

阿索林对于他本国书店的批评，未免过分严格一点。巴黎的书店也尽有严封密闭着，像右岸大街的一些书店那样，而马德里的书店之可以进出无人过问翻看随你的，却也不在少数。如果阿索林先生愿意，我是很可以举出这两地的书店的名称来做证的。

公正地说，法国的书贾对于顾客的心理研究得更深切一点。他们知道，常常来翻翻看看的人，临了总会买一两本回去的；如果这次不买，那么也许是因为他对于那本书的作者还陌生，也许他觉得那版本不够好，也许他身边没有带够钱，也许他根本只是到书店来消磨一刻空闲的时间。而对于这些人，最好的办法是不理不睬，由他去翻看一个饱。如果殷勤招待，问长问短，那就反而招致他们的麻烦，因而以后就不敢常常来了。

的确，我们走进一家书店去，并不像那些学期开始时抄好书单的学生一样，先有了成见要买什么书的。我们看看某个或某个作家是不是有新书出版；我们看看那已在报上刊出广告来的某一本书，内容是否和书评符合；我们把某一部书的版本，和我们已有的同一部书的版本作一个比较；或仅仅是我们约了一位朋友在三点钟会面，而现在只是两点半。走进一家书店去，在我们就像别的人踏进一家咖啡店一样，其目的并不在喝一杯苦水也。因此我们最怕主人的殷勤。第一，他分散了你的注意力，使你不得不想出话去应付他；第二，他会使你警悟到一种歉意，觉得这样非买一部书不可。这样，你全部的闲情逸致就给他们一扫而尽了。你感到受人注意着，监视着，感到担着一重义务，负着一笔必须偿付的债了。

西班牙的书店之所以受阿索林的责备，其原因就是他们不明顾客的心理。他们大都是过分殷勤讨好。他们的态度是没有恶意的，然而对于顾客所发生的效果，却适得其反。记得一九三四年在马德里的时候，一天闲着没事，到最大的"爱斯巴沙加尔贝书店"去浏览，一进门就受到殷勤的店员招待，陪着走来走去，问长问短，介绍这部，推荐那部，不但不给一点空闲，连自由也没有了。自然不好意思不买，结果选购了一本廉价的奥尔德加伊加赛德的小书，满身不舒服地辞了出来。自此以后，就不敢再踏进门槛去了。

在"文艺复兴书店"也遇到类似的情形,可是那次却是硬着头皮一本也不买走出来的。而在马德里我买书最多的地方,却反而是对于主顾并不殷勤招待的圣倍拿陀大街的"迦尔西亚书店",王子街的"倍尔特朗书店",特别是"书市"。

"书市"是在农工商部对面的小路沿墙一带。从太阳门出发,经过加雷达思街,沿着阿多恰街走过去,走到南火车站附近,在左面,我们碰到了那农工商部,而在这黑黝黝的建筑的对面小路口,我们就看到了几个黑墨写着的字:La Feria de los Libros,那意思就是"书市"。在往时,据说这传统的书市是在农工商部对面的那一条宽阔的林荫道上的,而我在马德里的时候,它却的确移到小路上去了。

这传统的书市是在每年的九月下旬开始,十月底结束的。在这些秋高气爽的日子,到书市中去漫走一下,寻寻,翻翻,看看那些古旧的书,褪了色的版画,各色各样的印刷品,大概也可以算是人生的一乐吧。书市的规模并不大,一列木板盖搭的,肮脏,零乱的小屋,一共有十来间。其中也有一两家兼卖古董的,但到底卖书的还是占着极大的多数。而使人更感到可喜的,便是我们可以随便翻看那些书而不必负起任何购买的义务。

新出版的诗文集和小说,是和羊皮或小牛皮封面的古本杂放在一起。当你看见圣女戴蕾沙的《居室》和共产主义诗人阿尔倍谛的诗集对立着,古代法典《七部》和《马德里卖淫业调查》并排着的时候,你一定会失笑吧。然而那迷人之处,却正存在于这种杂乱和漫不经心之处。把书籍分门别类,排列得整整齐齐,固然能叫人一目了然,但是这种安排却会使人望而却步,因为这样就使人不敢随便抽看,怕捣乱了人家固有的秩序;如果本来就是这样乱七八糟的,我们就百无禁忌了。再说,旧书店的妙处就在其杂乱,杂乱而后见繁复,繁复然后生趣味。如果你能够从这一大堆的混乱之中发现一部正是你踏破铁鞋无觅处的书来,那是怎样大的喜悦啊!

书价低廉是那里的最大的长处。书店要卖七个以至十个贝色达的新书,那里出两三个贝色达就可以携归了。寒斋的阿耶拉全集,阿索林,乌拿莫诺,巴罗哈,瓦利英克朗,米罗等现代作家的小说和散文集,洛尔迦,阿尔倍谛,季兰,沙里纳思等当代诗人的诗集,珍贵的小杂志,都是从那里陆续购得的。我现在也还记得那第三间小木舍的被人叫作华尼多大叔的须眉皆白的店主。我记得他,因为他的书籍的丰富,他的态度的和易,特别是因为那个坐在书城中,把青春的新鲜和故纸的古老呈着奇特的对比的,张着青色忧悒的大眼睛望着远方的云树的，他的美丽的孙女儿。

我在马德里的大部分闲暇时间，甚至在革命发生，街头枪声四起，铁骑纵横的时候，也都是在那书市的故纸堆里消磨了的。在傍晚，听着南火车站的汽笛声，踏着疲倦的步子，臂间挟着厚厚的已绝版的赛哈道的《赛尔房德思辞典》或是薄薄的阿尔陀拉季雷的签字本诗集，慢慢地沿着灯光已明的阿多恰大街，越过熙来攘往的太阳门广场，慢慢地踱回寓所去对灯披览，这种乐趣恐怕是很少有人能够领略的吧。

然而十月在不知不觉之中快流尽了。树叶子开始凋零，夹衣在风中也感到微寒了。马德里的残秋是忧郁的，有几天简直不想闲逛了。公寓生活是有趣的，和同寓的大学生聊聊天，和舞姬调调情，就很快地过了几天。接着，有一天你打叠起精神，再踱到书市去，想看看有什么合意的书，或仅仅看看那青色的忧悒的人眼睛。可是，出乎意外地，那些小木屋都已紧闭着门了。小路显得更宽敞一点，更清冷一点，南火车站的汽笛声显得更频繁而清晰一点。而在路上，凋零的残叶夹杂着纸片书页，给冷冷的风寂寞地吹了过来，又寂寞地吹了过去。

载《文艺春秋》第三卷第五期，一九四六年十一月

四

好书共读

影响我的几本书

梁实秋

我喜欢书，也还喜欢读书，但是病懒，大部分时间荒嬉掉了！所以实在没有读过多少书。年届而立，才知道发愤，已经晚了。几经丧乱，席不暇暖，像董仲舒三年不窥园，米尔顿五年隐于乡，那样有良好环境专心读书的故事，我只有艳羡。多少年来所读之书，随缘涉猎，未能专精，故无所成。然亦间有几部书对于我个人为学做人之道不无影响。究竟哪几部书影响较大，我没有思量过，直到八年前有一天邱秀文来访问我，她提出了这么一个问题，她问我所读之书有哪几部使我受益较大。我略为思索,举出七部书以对,略加解释,语焉不详。邱秀文记录得颇为翔实,亏她细心地连缀成篇,并标题以"梁实秋的读书乐",后来收入她的一个小册《智者群像》,由时报文化出版公司出版。最近《联副》推出一系列文章,都是有关书和读书的,编者要我也插上一脚,并且给我出了一个题目"影响我的几本书"。我当时觉得自己好像是一个考生,遇到考官出了一个我不久以前作过的题目,自以为驾轻就熟,写起来省事,于是色然而喜,欣然应命。题目像是旧的,文字却是新的。这便是我写这篇东西的由来。

第一部影响我的书是《水浒传》。我十四岁进清华才开始读小说,偷偷地读,因为那时候小说被目为"闲书",在学校里看小说是悬为厉禁的。但是我禁不住诱惑,偷闲在海甸一家小书铺买到一部《绿牡丹》,密密麻麻的小字光纸石印本,晚上钻在蚊帐里偷看,也许近视眼就是这样养成的。抛卷而眠,翌晨忘记藏起,查房的斋务员在枕下一摸,手到擒来。斋务主任陈筱田先生唤我前去应询,瞪着大眼厉声叱问:"这是嘛?"(天津话"嘛"就是"什么")随后把书往地上一丢,说"去吧!"算是从轻发落,没有处罚,可是我忘不了那被叱责的耻辱。我不怕,继续偷看小说,又看了《肉蒲团》《灯草和尚》

《金瓶梅》等。这几部小说,并不使我满足,我觉得内容庸俗、粗糙、下流。直到我读到《水浒传》才眼前一亮,觉得这是一部伟大的作品,不愧金圣叹称之为第五才子书,可以和庄、骚、《史记》、杜诗并列。我一读,再读,三读,不忍释手。曾试图默诵一百零八条好汉的姓名绰号,大致不差(并不是每一个人物都栩栩如生,精彩的不过五分之一,有人说每一个人物都有特色,那是夸张)。也曾试图搜集香烟盒里(是大联珠还是前门?)一百零八条好汉的图片。这部小说实在令人着迷。《水浒》作者施耐庵在元末以赐进士出身,生卒年月不详,一生经历我们也不得而知。这没有关系,我们要读的是书。有人说《水浒》作者是罗贯中,根本不是他,这也没有关系,我们要读的是书。《水浒》有七十回本,有一百回本,有一百十五回本,有一百二十回本,问题重重;整个故事是否早先有过演化的历史而逐渐形成的,也很难说;故事是北宋淮安大盗一伙人在山东寿张县梁山泊聚义的经过,有多大部分与历史符合有待考证。凡此种种都不是顶重要的事。《水浒传》的主题是"官逼民反,替天行道"。一个个好汉直接间接地吃了官的苦头,有苦无处诉,于是铤而走险,逼上梁山,不是贪图山上的大碗酒大块肉。官,本来是可敬的。奉公守法公忠体国的官,史不绝书。可是一朝权在手便把令来行的贪污枉法的官却也不在少数。人踏上仕途，很容易被污染，会变成另外一种人，他说话的腔调会变，他脸上的筋肉会变，他走路的姿势会变，他的心的颜色有时候也会变。"尔俸尔禄，民脂民膏"，过骄奢的生活，成特殊阶级，也还罢了，若是为非作歹，鱼肉乡民，那罪过可大了。《水浒》写的是平民的一股怨气。不平则鸣，容易得到读者的同情，有人甚至不忍深责那些非法的杀人放火的勾当。有人以终身不入官府为荣，怨毒中人之深可想。

较近的人民叛乱事件，义和团之乱是令人难忘的。我生于庚子后二年，但是清廷的糊涂、八国联军之肆虐，从长辈口述得知梗概。义和团是由洋人教士勾结官府压迫人民所造成的，其意义和梁山泊起义不同，不过就其动机与行为而言，我怜其愚，我恨其妄，而又不能不寄予多少之同情。义和团不可以一个"匪"字而一笔抹杀。英国俗文学中之罗宾汉的故事，其劫强济贫目无官府的游侠作风之所以能赢得读者的赞赏，也是因为它能伸张一般人的不平之感。我读了《水浒》之后，我认识了人间的不平。

我对于《水浒》有一点极为不满。作者好像对于女性颇不同情。《水浒》里的故事对于所谓奸夫淫妇有极精彩的描写，而显然地对于女性特别残酷。这也许是我们传统的大男人主义，一向不把女人当人，即使当作人也是次等的人。女人有所谓贞操，而男人无。《水浒》为人抱不平，而没有为女人抱不平。这虽不足为《水浒》病，但是《水浒》对于欣赏其不平之鸣的读者在影响上不能不打一点折扣。

第二部书该数《胡适文存》。胡先生和我们同一时代，长我十一岁，我们很容易忽略其伟大，其实他是我们这一代人在思想学术道德人品上最为杰出的一个。我读他的文存的时候，我尚在清华没有卒业。他影响我的地方有三：

一是他的明白清楚的白话文。明白清楚并不是散文艺术的极致，却是一切散文必须具备的起码条件。他的《文学改良刍议》，现在看起来似嫌过简，在当时是振聋发聩的巨著。他的《白话文学史》的看法，他对于文学（尤其是诗）的艺术的观念，现在看来都有问题。例如他直到晚年还坚持地说律诗是"下流"的东西，骈四俪六当然更不在他眼里。这是他的偏颇的见解。可是在"五四"前后，文章写得像他那样明白晓畅不枝不蔓的能有几人？我早年写作，都是以他的文字作为模仿的榜样。不过我的文字比较杂乱，不及他的纯正。

二是他的思想方法。胡先生起初倡导杜威的实验主义，后来他就不弹此调。胡先生有一句话："不要被别人牵着鼻子走！"像是给人的当头棒喝。我从此不敢轻信人言。别人说的话，是者是之，非者非之，我心目中不存有偶像。胡先生曾为文批评时政，也曾为文对什么主义质疑，他的几位老朋友劝他不要发表，甚至要把已经发排的稿件擅自抽回，胡先生说："上帝尚且可以批评，什么人什么事不可批评？"他的这种批评态度是可佩服的。从大体上看，胡先生从不侈言革命，他还是一个"儒雅为业"的人，不过他对于往昔之不合理的礼教是不惜加以批评的。曾有人家里办丧事，求胡先生"点主"，胡先生断然拒绝，并且请他阅看《胡适文存》里有关"点主"的一篇文章，其人读了之后翕然诚服。胡先生对于任何一件事都要寻根问底，不肯盲从。他常说他有考据癖，其实也就是独立思考的习惯。

三是他的认真严肃的态度。胡先生说他一生没写过一篇不用心写的文章，看他的《文存》就可以知道确是如此，无论多小的题目，甚至一封短札，他也是像狮子搏兔似的全力以赴。他在庐山偶然看到一个和尚的塔，他作了八千多字的考证。他对于《水经注》所下的功夫是惊人的。曾有人劝他移考证《水经注》的功夫去做更有意义的事，他说不，他说他这样做是为了要把研究学问的方法传给后人。我对于《水经注》没有兴趣，胡先生的著作我没有不曾读过的，唯《水经注》是例外。可是他治学为文之认真的态度，是我认为应该取法的。有一次他对几个朋友说，写信一定要注明年、月、日，以便查考。我们明知我们的函件将来没有人会来研究考证，何必多此一举？他说不，要养成这个习惯。我接受他的看法，年、月、日都随时注明。有人写信仅注月日而无年份，我看了便觉得缺憾。我译莎士比亚，大家知道，是由于胡先生的倡导。当初约定一年译两本，二十年完成，可是我拖了三十年。胡先生一直关注这件工作，有一次他由台湾飞到美国，他随身携带在飞机上阅读的书包括《亨利四世下篇》的译本。他对我说他要看看中译的莎士比亚能否令人看得下去。我告诉他，能否看得下去我不知道，不过我是认真翻译的，没有随意删略，没敢潦草。他说俟全集译完之日为我举行庆祝，可惜那时他已经不在了。

第三本书是白璧德的《卢梭与浪漫主义》。白璧德（Irving Babbitt）是哈佛大学教授，是一位与时代潮流不合的保守主义学者，我选过他的"英国十六世纪以后的文学批评"一课，觉得他很有见解，不但有我们前所未闻的见解，而且是和我自己的见解背道而驰。于是我对他发生了兴趣。我到书店把他的著作五种一股脑儿买回来读，其中最有代表性的是他的这一本《卢梭与浪漫主义》。他毕生致力于批判卢梭及其代表的浪漫主义，他针砭流行的偏颇的思想，总是归根到卢梭的自然主义。有一幅漫画讽刺他，画他匍匐在地上揭开被单窥探床下有无卢梭藏在底下。白璧德的思想主张，我在《学衡》杂志所刊吴宓、梅光迪几位介绍文字中已略为知其一二，只是《学衡》固执地使用文言，在一般受了"五四"洗礼的青年很难引起共鸣。我读了他的书，上了他的课，突然感到他的见解平正通达而且切中时弊。我平夙心中蕴结的一些浪漫情操几为之一扫而空。我开始省悟，"五四"以来的文艺思潮应该根据历史的透视而加以重估。我在学生时代写的第一篇批评文字《中国现代文学之浪漫的趋势》就是在这个时候写的。随后我写的《文学的纪律》《文人有行》，以至于较后对于辛克莱《拜金艺术》的评论，都可以说是受了白璧德的影响。

白璧德对东方思想颇有渊源，他通晓梵文经典及儒家与老庄的著作。《卢梭与浪漫主义》有一篇很精彩的附录、论老庄的"原始主义"，他认为卢梭的浪漫主义颇有我国老庄的色彩。白璧德的基本思想是与古典的人文主义相呼应的新人文主义。他强调人生三境界，而人之所以为人在于他有内心的理性控制，不令感情横决。这就是他念念不忘的人性二元论。《中庸》所谓"天命之谓性，率性之谓道，修道之谓教"，孔子所说的"克己复礼"，正是白璧德所乐于引证的道理。他重视的不是 é lan vital（柏格森所谓的"创造力"）而是 é lan froin（克制力）。一个人的道德价值，不在于做了多少事，而是在于有多少事他没有做。白璧德并不说教，他没有教条，他只是坚持一个态度——健康与尊严的态度。我受他的影响很深，但是我不曾大规模地宣扬他的作品。我在新月书店曾经辑合《学衡》上的几篇文字为一小册印行，名为《白璧德与人文主义》，并没有受到人的注意。若干年后，宋淇先生为美国新闻处编译一本《美国文学批评》，其中有一篇是《卢梭与浪漫主义》的一章，是我应邀翻译的，题目好像是《浪漫的道德》。三十年代"左"倾仁兄们鲁迅及其他谥我为"白璧德的门徒"，虽只是一顶帽子，实也当之有愧，因为白璧德的书并不容易读，他的理想很高，也很难身体力行，称为门徒谈何容易！

第四本书是叔本华的《隽语与箴言》（*Maxims and Counsels*）。这位举世闻名的悲观哲学家，他的主要作品 *The World as Will and Idea* 我没有读过，可是这部零零碎碎的札记性质的书却给我莫大的影响。

叔本华的基本认识是：人生无所谓幸福，不痛苦便是幸福。痛苦是真实的、存在的、积极的；幸福则是消极的，并无实体的存在。没有痛苦的时候，那种消极的感受便是幸福。幸福是一种心理状态，而非实质的存在。基于此种认识，人生努力方向应该是尽量避免痛苦，而不是追求幸福，因为根本没有幸福那样的一个东西。能避免痛苦，幸福自然就来了。

我不觉得叔本华的看法是诡辩。不过避免痛苦不是一件简单的事，需要慎思明辨，更需要当机立断。

第五部书是斯陶达的《对文明的反叛》(*Lothrop Stoddard : The Revolt against Civilization*)。这不是一部古典名著，但是影响了我的思想。民国十四年，潘光旦在纽约哥伦比亚大学念书，住在黎文斯通大厦，有一天我去看他，他顺手拿起这一本书，竭力推荐要我一读。光旦是优生学者，他不但赞成节育，而且赞成"普罗列塔利亚"少生孩子，优秀的知识分子多生孩子，只有这样做，民族的品质才有希望提高。一人一票的"德谟克拉西"是不合理的，古希腊的"亚里士多克拉西"较近于理想。他推崇孔子，但不附和孟子的平民之说。他就是这样有坚定信念而非常固执的一位学者。他郑重推荐这一本书，我想必有道理，果然。

斯陶达的生平不详,我只知道他是美国人,一八八三年生,一九五〇年卒,《对文明的反叛》出版于一九二二年,此外还有《欧洲种族的实况》(一九二四年)、《欧洲与我们的钱》(一九三二年)及其他。这本《对文明的反叛》的大意是:私有财产为人类文明的基础。有了私有财产的制度,然后人类生活形态,包括家庭的、社会的、政治的、经济的各方面,才逐渐地发展而成为文明。马克思与恩格斯于一八四八年发表的一个小册子 Manifest der Kommunisten,声言私有财产为一切罪恶的根源,要彻底地废除私有财产制度,言激而辩。斯陶达认为这是反叛文明,是对整个人类文明的打击。

文明发展到相当阶段会有不合理的现象,也可称之为病态。所以有心人就要想法改良补救,也有人就想象一个理想中的黄金时代,悬为希望中的目标。《礼记·礼运》所谓的"大同",虽然孔子说"大道之行也,与三代之英,丘未之逮也",实则大同乃是理想世界,在尧舜时代未必实现过,就是禹、汤、文、武、周公的"小康之治"恐怕也是想当然耳。西洋哲学家如柏拉图、如斯多亚派创始者季诺(Zeno)、如托马斯·摩尔及其他,都有理想世界的描写。耶稣基督也是常以慈善为教,要人共享财富。许多教派都不准僧侣自蓄财产。英国诗人柯律治与骚赛（Coleridge and Southey）在一七九四年根据卢梭与高德文（Godwin）的理想，居然想到美洲的宾夕法尼亚去创立一个共产社区，虽然因为缺乏经费而未实现，其不满于旧社会的激情可以想见。不满于文明社会之现状，是相当普遍的心理。凡是有同情心和正义感的人对于贫富悬殊壁垒分明的现象无不深恶痛绝。不过从事改善是一回事，推翻私有财产制度又是一回事。像一七九二年巴黎公社之引起恐怖统治，就是一个极不幸的例子。至于以整个国家甚至以整个世界孤注一掷地做一个渺茫的理想的实验，那就太危险了。文明不是短期能累积起来的，却可毁灭于一旦。斯陶达心所谓危，所以写了这样的一本书。

第六部书是《六祖坛经》。我与佛教本来毫无瓜葛。抗战时在北碚缙云山上缙云古寺偶然看到太虚法师领导的汉藏理学院，一群和尚在翻译佛经，香烟缭绕，案积贝多树叶帖帖然，字斟句酌，庄严肃穆。佛经的翻译原来是这样谨慎而神圣的，令人肃然起敬。知客法舫，彼此通姓名后得知他是《新月》的读者，相谈甚欢，后来他送我一本他作的《金刚经讲话》，我读了也没有什么领悟。三十八年我在广州，中山大学外文系主任林文铮先生是一位狂热的密宗信徒，我从他那里借到《六祖

165

坛经》，算是对于禅宗作了初步的接触，谈不上了解，更谈不到开悟。在丧乱中我开始思索生死这一大事因缘。在六榕寺瞻仰了六祖的塑像，对于这位不识字而能顿悟佛理的高僧有无限的敬仰。

《六祖坛经》不是一人一时所作，不待考证就可以看得出来，可是禅宗大旨尽萃于是。禅宗主张不立文字，但阐明宗旨还是不能不借重文字。据我浅陋的了解，禅宗主张顿悟，说起来简单，实则甚为神秘。棒喝是接引的手段，公案是参究的把鼻。说穿了即是要人一下子打断理性的逻辑的思维，停止常识的想法，蓦然一惊之中灵光闪动，于是进入一种不思善不思恶、无生无死、不生不死的心理状态。在这状态之中得见自心自性，是之谓明心见性，是之谓言下顿悟。

有一次我在胡适之先生面前提起铃木大拙，胡先生正色曰："你不要相信他，那是骗人的！"我不作如是想。铃木不像是有意骗人，他可能确是相信禅宗顿悟的道理。胡先生研究禅宗历史十分渊博，但是他自己没有做修持的功夫，不曾深入禅宗的奥秘。事实上他无法打入禅宗的大门，因为禅宗大旨本非理性的文字所能解析说明，只能用简略的象征的文字来暗示。在另一方面，铃木也未便以胡先生为门外汉而加以轻蔑。

因为一进入文字辩论的范围便必须使用理性的逻辑的方式才足以服人。禅宗的境界用理性逻辑的文字怎样解释也说不明白，须要自身体验，如人饮水，冷暖自知。所以我看胡适、铃木之论战根本是不必要的，因为两个人不站在一个层次上。一个说有鬼，一个说没有鬼，能有结论么？

我个人平凤的思想方式近于胡先生类型，但是我也容忍不同的寻求真理的方法。《哈姆雷特》一幕二景，哈姆雷特见鬼之后对于来自威吞堡的学者何瑞修说："宇宙间无奇不有，不是你的哲学全能梦想得到的。"我对于禅宗的奥秘亦作如是观。《六祖坛经》是我最初亲近的佛书，带给我不少喜悦，常引我作超然的遐思。

第七部书是卡赖尔的《英雄与英雄崇拜》（Carlyle : On Heroes Hero worship and the Heroic in IIistory），原是一系列的演讲，刊于一八四一年。卡赖尔的义笔本来是汪洋恣肆，气势不凡，这部书因为原是讲稿，语气益发雄浑，滔滔不绝地有雷霆万钧之势。他所谓的英雄，不是专指搴旗斩将、攻城略地的武术高超的战士而言，举凡卓越等伦的各方面的杰出人才，他都认为是英雄。神祇、先知、国王、哲学家、诗人、文人都可以称为英雄，如果他们能做人民的领袖、时代的前驱、思想的导师。卡赖尔对于人类文明的历史发展有一基本信念，他认为人类文明是极少数的领导人才所创造的。少数的杰出人才有所发明，于是大众跟进。没有睿智的领导人物，浑浑噩噩的大众就只好停留在浑浑噩噩的状态之中。证之于历史，确是如此。这种说法和孙中山先生所说"先知先觉，后知后觉，不知不觉"，若合符节。卡赖尔的说法，人称之为"伟人学说"（Great Man Theory）。他说政治的妙谛在于如何把有才智的人放在统治者的位置上去。他因此而大为称颂我们的科举取士的制度。不过他没注意到取士的标准大有问题，所取之士的品质也就大有问题。好人出头是他的理想，他们憧憬的是贤人政治。他怕听"拉平者"（Levellers）那一套议论，因为人有贤不肖，根本不平等。尽管尽力拉平世间的不平等的现象，领导人才与人民大众对于文明的贡献究竟不能等量齐观。

我接受卡赖尔的伟人学说，但是我同时强调伟人的品质。尤其是政治上的伟人责任重大，如果他的品质稍有问题，例如轻言改革，囿于私见，涉及贪婪，用人不公，立刻就会灾及大众，祸国殃民。所以我一面崇拜英雄，一面深厌独裁。我愿他泽及万民，不愿他成为偶像。卡赖尔不信时势造英雄，他相信英雄造时势。我想是英雄与时势交相影响。卡赖尔受德国菲士特（Fichte）的影响，以为一代英雄之出世含有"神意"（"divine idea"），又受喀尔文（Calvin）一派清教思想的影响，以为上帝的意旨在指挥英雄人物。这种想法现已难以令人相信。

第八部书是玛克斯·奥瑞利斯（Marcus Aurelius Antoninus）的《沉思录》（Meditations），这是西洋斯托亚派哲学最后一部杰作，原文是希腊文，但是译本极多，单是英文译本自十七世纪起至今已有二百多种。在我国好像注意到这本书的人不多。我在一九五九年将此书译成中文，由协志出版公司印行。作者是一千八百多年前的罗马帝国的皇帝，以皇帝之尊而成为苦修的哲学家，并且给我们留下这样的一部书真是奇事。

斯托亚派哲学涉及三个部门：物理学、逻辑学、伦理学。这一派的物理学，简言之，即是唯物主义加上泛神论，与柏拉图之以理性概念为唯一真实存在的看法正相反。斯托亚派认为只有物质的事物才是真实的存在，但是物质的宇宙之中偏存着一股精神力量，此力量以不同的形势出现，如人，如气，如精神，如灵魂，如理性，如主宰一切的原理，皆是。宇宙是神，人所崇奉的神祇只是神的显示。神话传说全是寓言。人的灵魂是从神那里放射出来的，早晚还要回到那里去。主宰一切的神圣原则即是使一切事物为了全体利益而合作。人的至善的理想

169

即是有意识地为了共同利益而与天神合作。至于这一派的逻辑学则包括两部门，一是辩证法，一是修辞学，二者都是思考的工具，不太重要。玛克斯最感兴趣的是伦理学。按照这一派哲学，人生最高理想是按照宇宙自然之道去生活。所谓"自然"不是任性放肆之意，而是上面说到的宇宙自然。人生除了美德无所谓善，除了罪行无所谓恶。美德有四：一为智慧，所以辨善恶；二为公道，以便应付一切悉合分际；三为勇敢，借以终止痛苦；四为节制，不为物欲所役。人是宇宙的一部分，所以对宇宙整体负有义务，应随时不忘本分，致力于整体利益。有时自杀也是正当的，如果生存下去无法善尽做人的责任。

《沉思录》没有明显地提示一个哲学体系，作者写这本书是在做反省的功夫，流露出无比的热诚。我很向往他这样的近于宗教的哲学。他不信轮回不信往生，与佛说异，但是他对于生死这一大事因缘却同样地不住地叮咛开导。佛示寂前，门徒环立，请示以后当以谁为师，佛说："以戒为师。"戒为一切修行之本，无论根本五戒、沙弥十戒、比丘二百五十戒，以及菩萨十重四十八轻之性戒，其要义无非是克制。不能持戒，还说什么定慧？佛所斥为外道的种种苦行，也无非是戒的延伸与歪曲。斯托亚派的这部杰作坦示了一个修行人的内心了悟，有些地方不但可与佛说参证，也可以和我国传统的"天行健，君子以自强不息"以及"克己复礼"之说相印证。

英国十七世纪剧作家范伯鲁（Vanbrugh）的《旧病复发》（*Relapse*）里有一个愚蠢的花花大少浮平顿爵士（Lord Foppington），他说了一句有趣的话："读书乃是以别人脑筋制造出的东西以自娱。我以为有风度有身份的人可以凭自己头脑流露出来的东西而自得其乐。"书是精神食粮。食粮不一定要自己生产，自己生产的不一定会比别人生产的好。而食粮还是我们必不可或缺的。书像是一股洪流，是多年来多少聪明才智的人点点滴滴地汇集而成，很难得有人能毫无凭借地立地涌现出一部书。读书如交友，也靠缘分，吾人有缘接触的书各有不同。我读书不多，有缘接触了几部难忘的书，有如良师益友，获益匪浅，略如上述。

一个最低限度的国学书目

胡 适

序 言

这个书目是我答应清华学校胡君敦元等四个人拟的。他们都是将要往外国留学的少年,很想在短时期中得着国故学的常识。所以我拟这个书目的时候,并不为国学有根底的人设想,只为普通青年人想得一点系统的国学知识的人设想。这是我要声明的第一点。

这虽是一个书目,却也是一个法门。这个法门可以叫作"历史的国学研究法"。这四五年来,我不知收到多少青年朋友询问"治国学有何门径"的信。我起初也学着老前辈们的派头，劝人从"小学"入手，劝人先通音韵训诂。我近来忏悔了！那种话是为专家说的，不是为初学人说的；是学者装门面的话，不是教育家引人入胜的法子。音韵训诂之学自身还不曾整理出个头绪系统来，如何可作初学人的入手功夫？十几年的经验使我不能不承认音韵训诂之学只可以作"学者"的工具，而不是"初学"的门径。老实说来，国学在今日还没有门径可说；那些国学有成绩的人大都是下死功夫笨干出来的。死功夫固是重要，但究竟不是初学的门径。对初学人说法，须先引起他的真兴趣，他然后肯下死功夫。在这个没有门径的时候，我曾想出一个下手方法来：就是用历史的线索做我们的天然系统，用这个天然继续演进的顺序做我们治国学的历程。这个书目便是依着这个观念做的。这个书目的顺序便是下手的法门。这是我要声明的第二点。

这个书目不单是为私人用的，还可以供一切中小学校图书馆及地方公共图书馆之用。所以每部书之下，如有最易得的版本，皆为注出。

（一）工具之部

《书目举要》（周贞亮，李之鼎）南城宜秋馆本。这是书目的书目。

《书目答问》（张之洞）刻本甚多，近上海朝记书庄有石印"增辑本"，最易得。

《四库全书总目提要》，附存目录，广东图书馆刻本，又点石斋石印本最方便。

《汇刻书目》（顾修）顾氏原本已不适用，当用朱氏增订本，或上海、北京书店翻印本，北京有益堂翻本最廉。

《续汇刻书目》（罗振玉）双鱼堂刻本。

《史姓韵编》（汪辉祖）刻本稍贵，石印本有两种。此为《二十四史》的人名索引，最不可少。

《中国人名大辞典》（商务印书馆）。

《历代名人年谱》（吴荣光）北京晋华书局新印本。

《世界大事年表》（傅运森）商务印书馆。

《历代地理韵编》，《清代舆地韵编》（李兆洛）广东图书馆本，又坊刻《李氏五种》本。

《历代纪元编》（六承如）《李氏五种》本。

《经籍籑诂》（阮元等）点石斋石印本可用。读古书者，于寻常字典外，应备此书。

《经传释词》（王引之）通行本。

《佛学大辞典》（丁福保等译编）上海医学书局。

(二)思想史之部

《中国哲学史大纲》上卷（胡适）商务印书馆。

二十二子：《老子》《庄子》《管子》《列子》《墨子》《荀子》《尸子》《孙子》《孔子集语》《晏子春秋》《吕氏春秋》《贾谊新书》《春秋繁露》《扬子法言》《文子缵义》《黄帝内经》《竹书纪年》《商君书》《韩非子》《淮南子》《文中子》《山海经》浙江公立图书馆（即浙江书局）刻本。上海有铅印本亦尚可用。汇刻子书，以此部为最佳。

《四书》（《论语》，《大学》，《中庸》，《孟子》）最好先看白文，或用朱熹集注本。

《墨子间诂》（孙诒让）原刻本，商务印书馆影印本。

《庄子集释》（郭庆藩）原刻木，石印本。

《荀子集注》（王先谦）原刻本，石印本。

《淮南鸿烈集解》（刘文典）商务印书馆出版。

《春秋繁露义证》（苏舆）原刻本。

《周礼》通行本。

《论衡》(王充)通津草堂本(商务印书馆影印);湖北崇文书局本。

《抱朴子》(葛洪)平津馆丛书本最佳,亦有单行的;湖北崇文书局本。

《四十二章经》金陵刻经处本。以下略举佛教书。

《佛遗教经》同上。

《异部宗轮论述记》(窥基)江西刻经处本。

《大方广佛华严经》(东晋译本)金陵刻经处。

《妙法莲华经》(鸠摩罗什译)同上。

《般若纲要》(葛𰀁)《大般若经》太繁,看此书很够了。扬州藏经院本。

《般若波罗蜜多心经》(玄奘译)。

《金刚般若波罗蜜经》(鸠摩罗什译,菩提流支译,真谛译)以上两书,流通本最多。

《阿弥陀经》(鸠摩罗什译)此书译本与版本皆极多,金陵刻经处有《阿弥陀经要解》(智旭)最便。

《大方广圆觉了义经》(即《圆觉经》)(佛陀多罗译)金陵刻经处白文本最好。

《十二门论》（鸠摩罗什译）金陵刻经处本。

《中论》（同上）扬州藏经院本。

以上两种，为三论宗"三论"之二。

《三论玄义》（隋吉藏撰）金陵刻经处本。

《大乘起信论》（伪书）此虽是伪书，然影响甚大。版本甚多，金陵刻经处有沙门真界纂注本颇便用。

《大乘起信论考证》（梁启超）此书介绍日本学者考订佛书真伪的方法，甚有益。商务印书馆将出版。

《小止观》（一名《童蒙止观》，智𫖮撰）天台宗之书不易读，此书最便初学。金陵刻经处本。

《相宗八要直解》（智旭直解）金陵刻经处本。

《因明入正理论疏》（窥基疏）金陵刻经处本。

《大慈恩寺三藏法师传》（慧立撰）玄奘为中国佛教史上第一伟大人物，此传为中国传记文学之大名著。常州天宁寺本。

《华严原人论》（宗密撰）有正书局有合解本，价最廉。

《坛经》（法海录）流通本甚多。

《古尊宿语录》此为禅宗极重要之书，坊间现尚无单行刻本。

《大藏经》缩刷本腾字四至六。

177

《宏明集》（梁僧集）此书可考见佛教在晋、宋、齐、梁士大夫间的情形。金陵刻经处本。

《韩昌黎集》（韩愈）坊间流通本甚多。

《李文公集》（李翱）《三唐人集》本。

《柳河东集》（柳宗元）通行本。

《宋元学案》（黄宗羲，全祖望等）冯云濠刻本，何绍基刻本，光绪五年长沙重印本。坊间石印本不佳。

《明儒学案》（黄宗羲）莫晋刻本最佳。坊间通行有江西本，不佳。

以上两书，保存原料不少，为宋、明哲学最重要又最方便之书。此下所列，乃是补充这两书之缺陷，或是提出几部不可不备的专家集子。

《直讲李先生集》（李觏）商务印书馆印本。

《王临川集》（王安石）通行本。商务印书馆影印本。

《二程全书》（程颢、程颐）六安涂氏刻本。

《朱子全书》（朱熹）六安涂氏刻本；商务印书馆影印本。

《朱子年谱》（王懋）广东图书馆本，湖北书局本。此书为研究朱子最不可少之书。

《陆象山全集》（陆九渊）上海江左书林铅印本很可用。

《陈龙川全集》（陈亮）通行本。

《叶水心全集》（叶适）通行本。

《王文成公全书》（王守仁）浙江图书馆本。

《困知记》（罗钦顺）嘉庆四年翻明刻本。正谊堂本。

《王心斋先生全集》（王艮）近年东台袁氏编订排印本最好，上海国学保存会寄售。

《罗文恭公全集》（罗洪先）雍正间刻本。《四库全书》本与此本同。

《胡子衡齐》（胡直）此书为明代哲学中一部最有条理又最有精彩之书。《豫章丛书》本。

《高子遗书》（高攀龙）无锡刻本。

《学通辨》（陈建）正谊堂本。

《正谊堂全书》（张伯行编）这部丛书搜集程朱一系的书最多，欲研究"正统派"的哲学的，应备一部。全书六百七十余卷，价约三十元。初刻本已不可得，现行者为同治间初刻本。

《清代学术概论》（梁启超）商务印书馆。

《日知录》（顾炎武）用黄汝成《集释》本。通行本。

《明夷待访录》（黄宗羲）单行本。扫叶山房《梨洲遗著汇刊》本。

《张子正蒙注》(王夫之)《船山遗书》本。

《思问录内外篇》(王夫之)同上。

《俟解》一卷,《噩梦》一卷(王夫之)同上。

《颜李遗书》(颜元,李)《畿辅丛书》本可用。北京四存学会增补全书本。

《费氏遗书》(费密)成都唐氏刻本。(北京大学出版部寄售)

《孟子字义疏证》(戴震)《戴氏遗书》本。国学保存会有铅印本,但已卖缺了。

《章氏遗书》(章学诚)浙江图书馆排印本,上海刘翰怡新刻全书本。

《章实斋年谱》(胡适)商务印书馆出版。

《崔东壁遗书》(崔述)道光四年陈履和刻本;《畿辅丛书》本只有《考信录》,亦可够用了。全书现由亚东图书馆重印,不久可出版。

《汉学商兑》(方东树)此书无甚价值,但可考见当日汉宋学之争。单行本,朱氏《槐庐丛书》本。

《汉学师承记》(江藩)通行本,附《宋学师承记》。

《新学伪经考》(康有为)光绪辛卯初印本;新刻本只增

一序。

《史记探原》（崔适）初刻本；北京大学出版部排印本。

《章氏丛书》（章炳麟）康宝忠等排印本；浙江图书馆刻本。

（三）文学史之部

《诗经集传》（朱熹）通行本。

《诗经通论》（姚际恒）闻商务印书馆将重印。

《诗本谊》（龚橙）浙江图书馆《半广丛书》本。

《诗经原始》（方玉润）闻商务印书馆不久将有重印本。

《诗毛氏传疏》（陈奂）《清经解续编》卷七白七十八以下。

《檀弓》《礼记》第二篇。

《春秋左氏传》通行木。

《战国策》商务印书馆有铅印补注本。

《楚辞集注》，附《辨证后语》（朱熹）通行木；扫叶山房有石印本。

《全上古三代秦汉三国六朝文》（严可均编）广雅局本。此书搜集最富，远胜于张溥的《汉魏六朝百三家集》。

《全汉三国晋南北朝诗》（丁福保编）上海医学书局出版。

《古文苑》（章樵注）江苏书局本。

《续古文苑》（孙星衍编）江苏书局本。

《文选》（萧统编）上海会文堂有石印胡刻李善注本最方便。

《文心雕龙》（刘勰）原刻本；通行本。

《乐府诗集》（郭茂倩编）湖北书局刻本。

《唐文粹》（姚铉编）江苏书局本。

《唐文粹补遗》（郭麟编）同上。

《全唐诗》（康熙朝编）扬州原刻本，广州本，石印本，五代词亦在此中。

《宋文鉴》（吕祖谦编）江苏书局本。

《南宋文范》（庄仲方编）同上。

《南宋文录》（董兆兆编）同上。

《宋诗抄》（吕留良、吴之振等编）商务印书馆本。

《宋诗抄补》（管庭芬等编）商务印书馆本。

《宋六十家词》（毛晋编）汲古阁本，广州刊本，上海博古斋石印本。

《四印斋王氏所刻宋元人词》（王鹏运编刻）原刻本，板存北京南阳山房。

《彊所刻词》（朱祖谋编刻）原刻本。王、朱两位刻的词集都很精，这是近人对于文学史料上的大贡献。

《太平乐府》（杨朝英编）《四部丛刊》本。

《阳春白雪》（杨朝英编）南陵徐氏《随庵丛书》本。

以上两种为金元人曲子的选本。

《董解元弦索西厢》（董解元）刘世衍《暖红室汇刻传奇》本。

《元曲选一百种》（臧晋叔编）商务印书馆有影印本。

《金文最》（张金吾编）江苏书局本。

《元文类》（苏天爵编）同上。

《宋元戏曲史》（王国维）商务印书馆本。

《京本通俗小说》这是七种南宋的话本小说，上海隐庐《烟画东堂小品》本。

《宣和遗事》《士礼居丛书》本；商务印书馆有排印本。

《五代史平话》残本董康刻本。

《明文在》（薛熙编）江苏书局本。

《列朝诗集》（钱谦益编）国学保存会排印本。

《明诗综》（朱彝尊编）原刻本。

《六十种曲》（毛晋编刻）汲古阁本。此书善本已不易得。

《盛明杂剧》（沈泰编）董康刻本。

《暖红室汇刻传奇》（刘世珩编刻）原刻本。

《笠翁十二种曲》（李渔）原刻巾箱本。

《九种曲》(蒋士铨)原刻本。

《桃花扇》(孔尚任)通行本。

《长生殿》(洪升)通行本。

清代戏曲多不胜举；故举李、蒋两集，孔、洪两种历史戏，作几个例而已。

《曲苑》上海古书流通处编印本。此书汇集关于戏曲的书十四种，中如焦循《剧说》，如梁辰鱼《江东白苎》，皆不易得。石印本价亦廉，故存之。

《缀白裘》这是一部传奇选本，虽多是零篇，但明末清初的戏曲名著都有代表的部分存在此中。在戏曲总集中，这也是一部重要书了。通行本。

《曲录》(王国维)《晨风阁丛书》本。

《湖海文传》(王昶编)所选都是清朝极盛时代的文章，最可代表清朝"学者的文人"的文学。原刻本。

《湖海诗传》(王昶编)原刻本。

《鲒埼亭集》(全祖望)借树山房本。

《惜抱轩文集》(姚鼐)通行本。

《大云山房文稿》(恽敬)四川刻本，南昌刻本。

《文史通义》(章学诚)贵阳刻本，浙江局本，铅印本。

《龚定庵全集》(龚自珍)万本书堂刻本。国学扶轮社本。

《曾文正公文集》(曾国藩)《曾文正全集》本。

清代古文专集,不易选择,我经过很久的考虑,选出全,姚,恽,章,龚,曾六家来作例。

《吴梅村诗》(吴伟业)《梅村家藏稿》(董康刻本,商务印书馆影印本)本,无注;此外有靳荣藩《吴诗集览》本,有吴翌凤《梅村诗集笺注》本。

《瓯北诗钞》(赵翼)《瓯北全集》本,单行本。

《两当轩诗钞》(黄景仁)光绪二年重刻本。

《巢经巢诗钞》(郑珍)贵州刻本;北京有翻刻本,颇有误字。

《秋蟪吟馆诗钞》(金和)铅印全本;家刻本略有删减。

《人境庐诗钞》(黄遵宪)日本铅印本。

清代诗也很难选择。我选梅村代表初期,瓯北与仲则代表乾隆一期;郑子尹与金亚匏代表道、咸、同三期;黄公度代表末年的过渡时期。

明、清两朝小说:

《水浒传》亚东图书馆三版本。

《西游记》(吴承恩)亚东图书馆再版本。

《三国志》亚东图书馆本。

《儒林外史》(吴敬梓)亚东图书馆四版本。

《红楼梦》(曹)亚东图书馆三版本。

《水浒后传》(陈忱,自署古宋遗民)此书借宋徽、钦二帝事来写明末遗民的感慨,是一部极有意义的小说。亚东图书馆《水浒续集》本。

《镜花缘》(李汝珍)此书虽有"掉书袋"的毛病,但全篇为女子争平等的待遇,确是一部很难得的书。亚东图书馆本。

以上各种,均有胡适的考证或序,搜集了文学史的材料不少。

《今古奇观》,通行本。可代表明代的短篇。

《三侠五义》此书后经俞樾修改,改名《七侠五义》。此书可代表北方的义侠小说。旧刻本,《七侠五义》流通本较多。亚东图书馆不久将有重印本。

《儿女英雄传》(文康)蜚英馆石印本最佳;流通本甚多。

《九命奇冤》(吴沃尧)广智书局铅印本。

《恨海》(吴沃尧)通行本甚多。

《老残游记》(刘鹗)商务印书馆铅印本。

以上略举十三种,代表四五百年的小说。

《五十年来的中国文学》（胡适）本书卷二。

（跋）文学史一部，注重总集：无总集的时代，或总集不能包括的文人，始举别集。因为文集太多，不易收买，尤不易遍览，故为初学人及小图书馆计，皆宜先从总集下手。

原载一九二三年二月二十五日《东方杂志》
第二十卷第四号

读书百宜录

张恨水

读书有时，亦须有地。善读书者，则觉一切声色货好之处，无不可于书中得之也。试作读书百宜。

秋窗日午，小院无人，抱膝独坐，聊嫌枯寂，宜读庄子《秋水篇》。

菊花满前，案有旨酒，开怀爽饮，了无尘念，宜读陶渊明诗。

黄昏日落，负手庭除。得此余暇，绮怀万动，宜读《花间》诸集。

大雪漫天，炉灯小坐，人缩如猬，豪气欲销，宜读《水浒传》林冲走雪一篇。

偶然失意，颇感懊恼，徘徊斗室，若有所悟，即宜拂几焚香，静坐稍息，徐读《楞严经》。

银灯灿烂，画阁春温，细君含睇，穿针夜话，宜高声朗诵，为伊读《西厢记》。

月明如画，清霜行天，秋夜迢迢，良多客感。宜读盛唐诸子一唱三叹之诗。

蔷薇架下，蜂蝶乱飞，正在青春，谁能不醉，宜细读《红楼梦》。

冗于琐务，数日不暇，摆脱归来，俗尘满襟。宜读《史记·项羽本纪》及《游侠列传》。

淡日临窗，茶烟绕案，瓶花未谢，尚有余香，宜读六朝小品。

题曰百宜，不能真个列举百宜。必欲举之，未免搜索枯坐，然而枯则无味矣。敬作抛砖之引，以求美玉之来。

《给青年的十二封信》

夏丏尊

这十二封信是朱孟实先生从海外寄来,分期在我们同人杂志《一般》上登载过的。《一般》的目的原想以一般人为对象,从实际生活出发来介绍些学术思想。数年以来,同人都曾依了这目标分头努力。可是如今看来,最好的收获第一要算这十二封信。

这十二封信以中学程度的青年为对象,并未曾指定某一受信人的姓名,只要是中学程度的青年,就谁都是受信人,谁都应该读一读这十二封信。这十二封信实是作者远从海外送给国内青年的很好礼物。作者曾在国内担任中等教师有年。他那笃热的情感，温文的态度，丰富的学识，无一不使和他接近的青年感服。他的赴欧洲，目的也就在谋中等教育的改进。作者实是一个终身愿与青年为友的志士。信中首称"朋友"，末署"你的朋友光潜"，在深知作者的性行的我看来，这称呼是笼有真实的情感的，决不只是通常的习用套语。

各信以青年们所正在关心或应该关心的事项为话题。作者虽随了各话题抒述其意见，统观全体，却似乎也有个一贯的出发点可寻，就是劝青年眼光要深沉，要从根本上做功夫，要顾到自己，勿随了世俗图近利。作者用了这态度谈读书，谈作文，谈社会运动，谈恋爱，谈升学选科等等。无论在哪一封信上，字里行间都可看出这忠告来。就中如在《谈在露浮尔宫所得的一个感想》一信里，作者且郑重地把这态度特别标出来了说："假如我的十二封信对于现代青年能发生毫末的影响，我尤其虔心默祝这封信所宣传的超效率的估定价值的标准能印人个个读者的心孔里去。因为我所知道的学生们学者们和革命家们，都太贪容易，太浮浅粗疏，太不能深入，太不能耐苦，太类似美国旅行家看《孟洛里莎》了。"

"超效率！"这话在急于近利的世人看来，也许要惊为太高蹈的论调了。但一味亟亟于效率，结果就会流于浅薄粗疏，无可救药。中国人在全世界是被推为最重实用的民族的，凡事向都怀一个极近视的目标：娶妻是为了生子，养儿是为了防老，行善是为了福报，读书是为了做官，不称入基督教的为基督教信者而称为"吃基督教的"，不称投身国事的军士为军人而称他为"吃粮的"，流弊所至，在中国什么都只是吃饭的工具，什么都实用。因之，就什么都浅薄。

试就学校教育的现状看吧！坏的呢，教师目的但在地位薪水，学生目的但在文凭资格；较好的呢，教师想把学生嵌入某种预定的铸型去，学生想怎样揣摩世尚毕业后去问世谋事。在真正的教育面前，总之都免不掉浅薄粗疏。效率原是要顾的，但只顾效率究竟是蠢事。青年为国家社会的生力军，如果不从根本上培养能力，凡事近视，贪浮浅的近利，一味袭蹈时下陋习，结果纵不至于"一蟹不如一蟹"，亦只是一蟹仍如一蟹而已。国家社会还有什么希望可说。

"太贪容易，太浮浅粗疏，太不能深入，太不能耐苦。"作者对于现代青年的毛病曾这样慨乎言之，征之现状，不禁同感。作者去国已好几年了，依据消息，尚能分明地记得起青年的病象，则青年的受病之重也就可知。

这十二封信啊,愿你对于现在的青年有些力量。

一九二九年元旦书于白马湖平屋

《老张的哲学》① 与《赵子曰》②

朱自清

《老张的哲学》,为一长篇小说,叙述一班北平闲民的可笑的生活,以一个叫"老张"的故事为主,复以一对青年的恋爱问题穿插之。在故事的本身,已极有味,又加以著者讽刺的情调,轻松的文笔,使本书成为一本现代不可多得之佳作,研究文学者固宜一读,即一般的人们亦宜换换口味,来阅看这本新鲜的作品。

---

①② 老舍作。

《赵子曰》，这部作品的描写对象是学生的生活。以轻松微妙的文笔，写北平学生生活，写北平公寓生活，非常逼真而动人，把赵子曰等几个人的个性活活地浮现在我们读者的面前。后半部却入于严肃的叙述，不复有前半部的幽默，然文笔是同样的活跃。且其以一个伟大的牺牲者的故事作结，很使我们有无穷的感喟。这部书使我们始而发笑，继而感动，终于悲愤了。（十七年十月《时事新报》。）

这是商务印书馆的广告。虽然是广告，说得很是切实，可作两条短评看。从这里知道这两部书的特色是"讽刺的情调"和"轻松的文笔"。

讽刺小说，我们早就有了《儒林外史》，并不是"新鲜"的东西。《儒林外史》的讽刺，"戚而能谐，婉而多讽"（鲁迅《中国小说史略》二十三篇），以"含蓄蕴酿"为贵。后来所谓"谴责小说"，虽出于《儒林外史》，而"辞气浮露，笔无藏锋"，"描写失之张皇，时或伤于溢恶，言违真实，则感人之力顿微"（《中国小说史略》二十八篇）。这是讽刺的艺术的差异。前者本于自然的真实，而以精细的观察与微妙的机智为用。后者是在观察的事实上,加上一层夸饰,使事实失去原来的轮廓。这正和上海游戏场里的"哈哈镜"一样,人在镜中看见扁而短或细而长的自己的影子,满足了好奇心而暂时地愉快了。但只是"暂时的"愉快罢了,不能深深地印入人心坎中。这种讽刺的手法与一般人小说的观念是有连带关系的,从前人读小说只是消遣,作小说只是游戏。"谴责小说"与一切小说一样,都是戏作。所谓"谴责"或讽刺,虽说是本于愤世嫉俗的心情,但就文论文,实在是嘲弄的喜剧味比哀矜的悲剧味多得多。这种小说总是杂集"话柄";"连缀此等,以成类书"(《中国小说史略》二十八篇)。"话柄"固人人所难免,但一人所行,决无全是"话柄"之理。如李伯元《官场现形记》,只叙此种,仿佛书中人物只有"话柄"而没有别的生活一样,而所叙又加增饰。这样,便将书中人全写成变态的了。《儒林外史》有时也不免如此,但就大体说,文笔较为平实和婉曲,与此固不能并论。小说既系戏作,由《儒林外史》变为"谴责小说",却也是自然的趋势。至于不涉游戏的严肃的讽刺,直到近来才有;鲁迅先生的《阿Q正传》,可为代表。这部书是类型的描写;沈雁冰先生说得好:中国没有这样"一个"人,但这是一切中国人的"谱"(大意)。我们大家都分得阿Q的一部分。将阿Q当作"一个"人看,这部书确是夸饰,但将他当作我们国民性的化身看,便只觉亲切可味了。而文笔的严冷隐隐地蕴藏着哀矜的情调,那更是从前的讽刺或谴责小说所没有。这是讽刺的态度的差异。

这两部书里的"讽刺的情调"是属于哪一种呢?这不是可以简单回答的。《赵子曰》的广告里称赞作者个性的描写。不错,两部书里各人的个性确很分明。在这一点上,它们是近于《儒林外史》的;因为《官场现形记》和《阿Q正传》等都不描写个性。但两书中所描写的个性,却未必全能"逼真而动人"。从文笔论,与其说近于《儒林外史》,还不如说近于"谴责小说"。即如两位主人公,老张与赵子曰:老舍先生写老张的"钱本位"的哲学,确乎是酣畅淋漓,阐扬尽致;但似乎将"钱本位"这个特点太扩大了些,或说太尽致了些。我们固然觉得"可笑",但谁也未必信世界上真有这样"可笑"的人。老舍先生或者将老张写成一个"太"聪明的人,但我们想老张若真这样,那就未免"太"傻了;傻得近了疯狂了。如第十五节云:

他(老张)只不住地往水里看,小鱼一上一下地把水拨成小圆圈,他总以为有人从城墙上往河里扔铜元,打得河水一圈一圈的。以老张的聪明,自然不久的明白那是小鱼们游戏,虽然,仍屡屡回头望也!

这自然是"钱本位"的描写;是太聪明?是太傻?我想不用我说。至于赵子曰,他的名字便是一个玩笑;你想得出谁曾有这样一个怪名字?世上是有不识不知的人,但大学生的赵子曰不会那样昏聩糊涂,和白痴相去不远,却有些出人意表!其余的角色如《老张的哲学》中的龙树古,蓝小山,《赵子曰》中的周少濂,武端,莫大年,欧阳天风,也都有写得过火的地方。这两部书与"谴责小说"不同的,它们不是杂集话柄而是性格的扩大描写。在这一点上,又有些像《阿Q正传》。但《阿Q正传》写的是类型,不妨用扩大的方法;这两部书写的是个性,用这种方法便不适宜。这两部书还有一点可以注意:它们没有一贯的态度。它们都有一个严肃的悲惨的收场,但上文却都有不少的游戏的调子;《赵子曰》更其如此。广告中说"这部书使我们始而发笑,继而感动,终于悲愤了"。"发笑"与"悲愤"这两种情调,足以相消,而不足以相成。这两部书若用一贯的情调或态度写成,我想力量一定大得多。然而有这样严肃的收场，便已异于"谴责小说"而为现代作品了。

两部书中的人物，除《老张的哲学》中的老张，南飞生，蓝小山，《赵子曰》中的欧阳天风外，大都是可爱的。他们各有缺点和优点。只有《赵子曰》中的李景纯，似乎没有什么缺点；正和老张等之没有什么优点一样。李景纯是这两部书中唯一的英雄；他热心苦口，领导着赵子曰去做好人；他忍受欧阳天风的辱骂，不屑与他辩论；他尽心竭力保护王女士，而毫无所求；他"为民间除害"而牺牲了自己。老舍先生写李景纯，始终是严肃的；在这里我们看见作者的理想的光辉。这两部书若可说是描写"钱本位"与人本位的思想的交战的，那么李景纯是后者的代表而老张不用说是前者的代表——欧阳天风也是的。其余的人大抵挣扎于两者之间，如龙树古，武端都是的。在《老张的哲学》里，人本位是无声无臭地失败了。在《赵子曰》里，人本位虽也照常失败，但却留下光荣的影响：莫大年，武端，赵子曰先后受了李景纯的感化，知道怎样努力做人。前书只有绝望，后书却有了希望；这或许与我们的时代有关，书中有好几处说到革命，可为佐证。在这一点上，《赵子曰》的力量，胜过《老张的哲学》。可是书中人物的思想都是很浅薄的；《老张的哲学》里的不用说，便是李景纯，那学哲学的,也不过如此。大约有深一些的思想的人,也插不进这两部书里去罢?至于两书中最写得恰当的人,我以为要算《老张的哲学》里的赵姑父赵姑母。这是一对可爱的老人。如第十三节云:

> 王德、李应买菜回来,姑母一面批评,一面烹调。批评得太过,至于把醋当了酱油,整匙的往烹锅里下。忽然发觉了自己的错误,于是停住批评,坐在小凳上笑得眼泪一个挤着一个往下滴。
> ……
> 赵姑母不等别人说话,先告诉她丈夫,她把醋当作了酱油。
> 赵姑父听了,也笑得流泪,他把鼻子淹了一大块。

这里写赵姑母的唠叨和龙钟,惟妙惟肖;老夫妇情好之笃,也由此可见。这是一段充满了生活趣味的描写。两书中除李景纯和这一对老夫妇外,其余的人物描写,大抵是不免多少"张皇"的。——这也可以说是不一贯的地方。

这两部书的结构,大体是紧凑的。《老张的哲学》里时间,约莫一年;《赵子曰》里的,只是由冬而夏的三季。时间的短促,有时可以帮助结构。《老张的哲学》里主角颇多,穿插甚难恰到好处;老舍先生布置各节,似乎很苦心。《赵子曰》是顺次的叙述,每章都有主人公在内,自然比较容易。又《赵子曰》共二十七章,除八,九,十三章叙赵子曰在天津的事以外,别的都以北京为背景;《老张的哲学》却忽而乡,忽而城,错综不一,这又比较难些。《老张的哲学》里没有不关紧要的叙述,《赵子曰》里却有:第二章第四节叙赵子曰加入足球队,实在可有可无;又八,九,十三章,也似乎太详些——主角在北京,天津的情形,不妨少叙些。《老张的哲学》以两个女子为全篇枢纽,她们都出面;《赵子曰》以一个王女士为枢纽,却不出面。虽不出面,但书中人却常常提到她;虽提到她,却总未说破,她是怎样的人。像闷葫芦一样,直到末章才揭开了,由她给李景纯的信里,叙出她的身世。这样达到了"极点",一切都有了着落。这种布置确比《老张的哲学》巧些。两书结尾都有毛病:《老张的哲学》末尾找补书中未死各人的结局,散漫无归;《赵子曰》末一段赵子曰向莫大年,武端说的话,意思不大明显,不能将全篇收住。又两书中作者现身解释的地方太多,这是"辞气浮露"的一因。而一章或一节的开端,往往有很长的解释或议论，似乎是旧小说开端的滥调，往往很煞风景的。又两书描写有类似的地方，似乎也不大好：《老张的哲学》里的孙八常说"多辛苦"一句话，《赵子曰》里的武端也常说"你猜怎么着"，这未免有些单调；为什么每部书里总该有这样一个人？至于"轻松的文笔"，那是不错的。老舍先生的白话没有旧小说白话的熟，可是也不生；只可惜虽"轻松"，却不甚隽妙。可称为隽妙的，除赵姑父赵姑母的描写及其一二处外，便只有写景了；写景是老舍先生的拿手戏，差不多都好。现在举一节我最喜欢的：

那粉团似的蜀菊，衬着嫩绿的叶儿，迎着风儿一阵阵抿着嘴儿笑。那长长的柳条，像美女披散着头发，一条一条地慢慢摆动，把南风都摆动得软了，没有力气了。那高峻的城墙长着歪着脖儿的小树，绿叶底下，青枝上面，藏着那么一朵半朵的小红牵牛花。那娇嫩刚变好的小蜻蜓，也有黄的，也有绿的，从净业湖而后海而什刹海而北海而南海，一路弯着小尾巴在水皮儿上一点一点；好像北京是一首诗，他们在绿波上点着诗的句读。净业湖畔的深绿肥大的蒲子，拔着金黄色的蒲棒儿，迎着风一摇一摇地替浪声击着拍节。什刹海中的嫩荷叶，卷着一些幽情，放开的像给诗人托出一小碟子诗料。北海的渔船在白石栏的下面，或是湖心亭的旁边，和小野鸭们挤来挤去地浮荡着；时时的小野鸭们噗喇噗喇擦着水皮儿飞，好像替渔人的歌唱打着锣鼓似的："五月来呀南风吹"噗喇噗喇，"湖中的鱼儿"噗喇，"嫩又肥"噗喇噗喇。……那白色的塔，蓝色的天，塔与天的中间飞着那么几只灰野鸽：一上一下，一左一右，诗人的心随着小灰鸽飞到天外去了。……（《赵子曰》第十六章第一节。）

这是不多不少的一首诗。

一九二九年二月

五 从阅读到写作

作文秘诀

鲁 迅

现在竟还有人写信来问我作文的秘诀。

我们常常听到：拳师教徒弟是留一手的，怕他学全了就要打死自己，好让他称雄。在实际上，这样的事情也并非全没有，逢蒙杀羿就是一个前例。逢蒙远了，而这种古气是没有消尽的，还加上了后来的"状元瘾"，科举虽然久废，至今总还要争"唯一"，争"最先"。遇到有"状元瘾"的人们，做教师就危险，拳棒教完，往往免不了被打倒，而这位新拳师来教徒弟时，却以他的先生和自己为前车之鉴，就一定留一手，甚而至于三四手，于是拳术也就"一代不如一代"了。

还有，做医生的有秘方，做厨子的有秘法，开点心铺子的有秘传，为了保全自家的衣食，听说这还只授儿妇，不教女儿，以免流传到别人家里去，"秘"是中国非常普遍的东西，连关于国家大事的会议，也总是"内容非常秘密"，大家不知道。但是，作文却好像偏偏并无秘诀，假使有，每个作家一定是传给子孙的了，然而祖传的作家很少见。自然，作家的孩子们，从小看惯书籍纸笔，眼格也许比较的可以大一点罢，不过不见得就会做。目下的刊物上，虽然常见什么"父子作家""夫妇作家"的名称，仿佛真能从遗嘱或情书中，密授一些什么秘诀一样，其实乃是肉麻当有趣，妄将做官的关系，用到作文上去了。

那么，作文真就毫无秘诀么？却也并不。我曾经讲过几句做古文的秘诀，是要通篇都有来历，而非古人的成文；也就是通篇是自己做的，而又全非自己所做，个人其实并没有说什么；也就是"事出有因"，而又"查无实据"。到这样，便"庶几乎免于大过也矣"了。简言之，实不过要做得"今天天气，哈哈哈……"而已。

这是说内容。至于修辞，也有一点秘诀：一要朦胧，二要难懂。那方法，是：缩短句子，多用难字。譬如罢，作文论秦朝事，写一句"秦始皇乃始烧书"，是不算好文章的，必须翻译一下，使它不容易一目了然才好。这时就用得着《尔雅》，《文选》了，其实是只要不给别人知道，查查《康熙字典》也不妨的。动手来改，成为"始皇始焚书"，就有些"古"起来，到得改成"政俶燔典"，那就简直有了班马气，虽然跟着也令人不大看得懂。但是这样的做成一篇以至一部，是可以被称为"学者"的，我想了半天，只做得一句，所以只配在杂志上投稿。

我们的古之文学大师，就常常玩着这一手。班固先生的"紫色鼃声，余分闰位"，就将四句长句，缩成八字的；扬雄先生的"蠢迪检柙"，就将"动由规矩"这四个平常字，翻成难字的。《绿野仙踪》记塾师咏"花"，有句云："媳钗俏矣儿书废，哥罐闻焉嫂棒伤。"自说意思，是儿妇折花为钗，虽然俏丽，但恐儿子因而废读；下联较费解，是他的哥哥折了花来，没有花瓶，就插在瓦罐里，以嗅花香，他嫂嫂为防微杜渐起见，竟用棒子连花和罐一起打坏了。这算是对于冬烘先生的嘲笑。然而他的做法，其实是和扬班并无不合的，错只在他不用古典而用新典。这一个所谓"错"，就使《文选》之类在遗老遗少们的心眼里保住了威灵。

做得朦胧，这便是所谓"好"么？答曰：也不尽然，其实是不过掩了丑。但是，"知耻近乎勇"，掩了丑，也就仿佛近乎好了。摩登女郎披下头发，中年妇人罩上面纱，就都是朦胧术。人类学家解释衣服的起源有三说：一说是因为男女知道了性的羞耻心，用这来遮羞；一说却以为倒是用这来刺激；还有一种是说因为老弱男女，身体衰瘦，露着不好看，盖上一些东西，借此掩掩丑的。从修辞学的立场上看起来，我赞成后一说。现在还常有骈四俪六，典丽堂皇的祭文，挽联，宣言，通电，我们倘去查字典，翻类书，剥去它外面的装饰，翻成白话文，试看那剩下的是怎样的东西呵！？

不懂当然也好的。好在哪里呢？即好在"不懂"中。但所虑的是好到令人不能说好丑，所以还不如做得它"难懂"：有一点懂，而卜一番苦功之后，所懂的也比较的多起来。我们是向来很有崇拜"难"的脾气的，每餐吃三碗饭，谁也不以为奇，有人每餐要吃十八碗，就郑重其事地写在笔记上；用手穿针没有人看，用脚穿针就可以搭帐篷卖钱；一幅画片，平淡无奇，装在匣子里，挖一个洞，化为西洋镜，人们就张着嘴热心地要看了。况且同是一事，费了苦功而达到的，也比并不费力而达到的可贵。譬如到什么庙里去烧香罢,到山上的,比到平地上的可贵;三步一拜才到庙里的庙,和坐了轿子一径抬到的庙,即使同是这庙,在到达者的心里的可贵的程度是大有高下的。作文之贵乎难懂,就是要使读者三步一拜,这才能够达到一点目的的妙法。

写到这里,成了所讲的不但只是做古文的秘诀,而且是做骗人的古文的秘诀了。但我想,做白话文也没有什么大两样,因为它也可以夹些僻字,加上朦胧或难懂,来施展那变戏法的障眼的手巾的。倘要反一调,就是"白描"。

"白描"却并没有秘诀。如果要说有,也不过是和障眼法反一调:有真意,去粉饰,少做作,勿卖弄而已。

十一月十日

论创作

老 舍

要创作当先解除一切旧势力的束缚。文章义法及一切旧说，在创作之光里全没有存在的可能。

对于旧的文艺，应有相当的认识，不错，因为它们自有它们的价值。但是不可由认识古物而走入迷古；事事以古代的为准则，便是因沿，便是消失了自身。即使摹古有所似，究是替古人宣传。即使考古有所获，究是文学以外之物，不是文学的本身。

托尔斯泰说："每人都有他的特性，和他独有的，个人的，奇异的，复杂的疾病。这点疾病是医学中所不知道的,它不是医书中所载之肺病,肝病,皮肤病,心脏病,神经病;它是由这各种机关的不调和而成的。这个道理是医生所不能晓得的。"这段话很好拿来说明文学的认识:好考证的,好研究文章义法的,好研究诗词格律的,好考究作家历史的,好玩弄版本沿革的,都足以著书立论,都足以作研究文学的辅助;但这些东西都不是文学的本身,文学的本身是高于这一切,而不是这些专家所能懂的。

在旧书中讨生活的可以做学者,做好教授;但是往往流于袒古,心灵便滞塞了;往往抱着述而不作的态度,这个态度便是文学衰死的先兆。

抱着"松花"是不会孵出小鸡的。想孵出小鸡,顶好找几个活卵。

读一本伟大的创作,便胜于读一百本关于文学的书。读过几段《红楼梦》,便胜于读十几篇红楼考证的文字。文学是生命的诠解,不是考古家的玩意儿。

文学的批评不是一字一句的考证,是欣赏,是估定文学的价值。我们"真"读了杜甫,便不再称他为"诗圣",因为还要拿他与世界上的大诗人比一比,以便看出他到底怎么高明。这样看出短长,我们便不复盲从,不再迷信自家古物。承认杜甫没有莎士比亚伟大，决不是污蔑杜甫，我们要知道的是世界上最好的作品；世界！抱着几本黄纸线装书便不能满足我们了！

孔子说：读诗可以迩之事父，远之事君，多识于鸟兽草木之名。在文学史中，这些话便是好材料。从文学上看，孔子对于诗根本是外行。真要多识鸟兽草木之名，动植物教科书岂不更有用，何必读诗？我们今日还拿孔子的话说诗，便是糊涂。以孔子的话还给孔子，以我们自己的眼光认识文学，才真能有所了解。

不因沿才有活气，志在创作才有生命。

我们的《红楼梦》节翻成英文，我们的《三国志演义》也全部译成外国语，对于外国文学有什么影响？毫无影响！再看看俄国诸大家的作品，一经翻译，便震动了全世界！不要自馁，我们的好著作叫人家比下去，不是还有我们吗？努力创作，只有创作是发扬国光，而利泽施于全世的。

我们自有感情，何必因李白、白乐天酒后牢骚，我们也就牢骚。我们自有观察力，何必拿"盈盈宝靥，红酣春晓之花；浅浅蛾眉，黛画初三之月"等等敷衍。我们自有判断，何须借重古句古书。因袭偷巧是我们的大毛病，这么一个古国，这么多的书籍，真有高超思想，妙美描写的，可有几部？真诚是为文第一要件，借风花雪月写我们的心情，要使读者，读了文字，也读心情，看不出文字与心灵的分歧处。文字是工具，是符号；思想感情是个人的，是内心的。文字通过心灵的锻炼，便成了个人的。风花雪月是外面的，经过心灵的浸洗，便是由心灵吹出来的风花雪月的现象，使读者看见，同时也闻到花的香，听到风的响，还似醉非醉，似梦非梦地迷恋在这诗境之中，这便是文学作品的成功。

批评家可以不会创作，而没有一个创作家不会批评的。在他下笔之前，对于生命自然已有了极详细的视察，极严格的批评，然后才下笔写东西。读文者是由认识而批评而指导，正如作者之由认识而批评而指导。

反之，作者是抄袭模拟，读者是挑剔字句的毛病，这作者读者便该捆在一处，各打四十大板。

对于生命与自然由认识批评指导，才能言之有物。批评不是专为挑剔毛病，要在指导。胡适先生批评旧文字的弊病，同时他指导出新文字的应用，于是这几年来文学界中才有一些生气。指导是积极的，对于文学的发展，效力最大。

文字的限制是中国文学不伟大的一因。文字呆板，加以因袭的毛病，文学便成了少数人的玩意儿，而全无生气。抄袭旧辞，调弄平仄是瓦匠砌墙，不是大建筑家的计划。现在好了，文字的束缚除解了许多，我们可以用活文字写东西了。可是毛病还有：第一，白话的本身是很穷窘的，句的结构太少变化，字的太少伸缩，文法的太简单，用字的简少，都足以妨碍思想发表的自由。但是这文字本身的恶劣，我们既不打算采用某种外国语来代替，也就只好努力利用这不漂亮的国货。第二，白话已是成形的东西，可是白话文学还在萌芽期中，这便是我们的责任来创筑一座新的金塔。我们最大的毛病便是不肯吃苦，每当形容景物，便感觉到白话的简陋不够用，而去偷几个古字来撑门面。有的更聪明一点，便把偷来的辞句添上个"吗"，"呢"，"哟"来冒充自造。这便是二荤铺添女招待，原来卖得还是那些菜。

有思想自是作文最重要的事，但是不要忘了文学是艺术中的一个星球，美也是最要的成分。假如我们只有好思想，而不千锤百炼地写出来，那便是报告，而不是文艺。文学的真实，是真实受了文学炼冶的，文学家怎样利用真实比是不是真实还要紧。在文字上不下一番功夫，作品便不会高贵。我们应有作八股文的态度，字字句句要细心配对，我们的作品，要成为文字的结晶，要使读者不再想引用古句，而引用我们自己的话。我们不能改变过去，但将来的历史是由我们造成的！使将来的人们忘了《离骚》、诸子，而引据我们，是我们应有的野心。有人说：兴会所至，下笔万言，不增删一字。这或者是事实，可是我不敢这样信，更不敢这样办。"他永远是作文章，点，冒号，分号，惊叹号，问号永远在他的眼前。"这是乔治姆耳称赞沃路特儿拍特儿的话，也是我们当遵从的。

要看问题：凡是一件事的发生，不会被喊打倒的打倒，也不会因有喊万岁而万岁。文学家的态度是细细看问题，然后去指导。没有问题，文学便渐成了消闲解闷之品；见着问题而乱嚷打倒或万岁，便只有标语而失掉文学的感动力。伟大的创作，由感动渐次地宣传了主义。粗劣的宣传，由标语而毁坏了主义。

创作：抛开旧势力的重负，抱着批评的态度，有了自己的思想，用着活的文字，看着一切问题，我们的国家已经破产，我们还甘于同别人一块儿做梦吗？我们忠诚于生命，便不能不写了。在最近二三十年我们受了多少耻辱，多少变动，多少痛苦，为什么始终没有一本伟大的著作？不是文人只求玩弄文字，而精神上与别人一样麻木吗？我们不许再麻木下去，我们且少掀两回《说文解字》，而去看看社会，看看民间，看看枪炮一天打杀多少你的同胞,看看贪官污吏在那里耍什么害人的把戏。看生命,领略生命,解释生命,你的作品才有生命。看,看便起了心灵的感应,这个感应便是生命的呼声。看,看别人,也看自己;看外面,也用直觉;这样便有了创作的训练。

创作!不要浮浅,不要投机,不计利害。活的文学,以生命为根,真实作干,开着爱美之花。

原载一九三零年十月十日《齐大月刊》创刊号

写与读

老舍

要写作，便须读书。读书与著书是不可分离的事。当我初次执笔写小说的时候，我并没有考虑自己应否学习写作，和自己是否有写作的才力。我拿起笔来，因为我读了几篇小说。这几篇小说并不是文艺杰作，那时候我还没有辨别好坏的能力。读了它们，我觉得写小说必是很好玩的事，所以我自己也愿试一试。《老张的哲学》便是在这种情形下写出来的。无可避免地，它必是乱七八糟，因为它的范本——那时节我所读过的几篇小说——就不是什么高明的作品。

一边写着"老张",一边抱着字典读莎士比亚的《韩姆烈德》。这是一本文艺杰作,可是它并没有给我什么好处。这使我怀疑:以我们的大学里的英文程度,而必读一半本莎士比亚,是不是白费时间?后来,我读了英译的《浮士德》,也丝毫没得到好处。这使我非常地苦闷,为什么被人人认为不朽之作的,并不给我一点好处呢?

有一位好友给我出了主意。他教我先读欧洲史,读完了古希腊史,再去读古希腊文艺,读完了古罗马史,再去读古罗马文艺……这的确是个好主意。从历史中,我看见了某一国在某一时代的大概情形,而后在文艺作品中我看见了那一地那一时代的社会光景,二者相证,我就明白了一点文艺的内容与形式都是事有必至,理有固然。不过,说真的,那些古老的东西往往教我瞪着眼咽气!读到半本英译的《衣里亚德》,我的忍耐已用到极点,而想把它扔得远远的,永不再与它谋面。可是,一位会读希腊原文的老先生给我读了几十行荷马,他不是读诗,而是在唱最悦耳的歌曲!大概荷马的音乐就足以使他不朽吧?我决定不把它扔出老远去了!他的《奥第赛》比《衣里亚德》更有趣一些——我的才力,假若我真有点才力的话,大概是小说的,而非诗歌的;《奥第赛》确乎有点像冒险小说。

219

希腊的悲剧教我看到了那最活泼而又最悲郁的希腊人的理智与感情的冲突，和文艺的形式与内容的调谐。我不能完全明白它们的技巧，因为没有看见过它们在舞台上"旧戏重排"。从书本上，我只看到它们的"美"。这个美不仅是修辞上的与结构上的，而也是在希腊人的灵魂中的；希腊人仿佛是在"美"里面呼吸着的。

假若希腊悲剧是鹤唳高天的东西，我自己的习作可仍然是爬伏在地上的。一方面，古希腊的三大悲剧家是世界文学史中罕见的天才，高不可及，一方面，我读了阿瑞司陶风内司的喜剧，而喜剧更合我的口胃。假若我缺乏组织的能力与高深的思想，我可是会开玩笑啊，这时候，我开始写《赵子曰》——一本开玩笑的小说。

在悲剧喜剧之外，我最喜爱希腊的短诗。这可只限于喜爱。我并不敢学诗。我知道自己没有诗才。希腊的短诗是那么简洁，轻松，秀丽，真像是"他只有一朵花，却是玫瑰"那样。我知道自己只是粗枝大叶，不敢高攀玫瑰！

赫罗都塔司，赛诺风内，与修西地第司的作品，我也都耐着性子读了，他们都没给我什么好处。读他们，几乎像读列国演义，读过便全忘掉。

古罗马的作品使我更感到气闷。能欣赏米尔顿的，我想，一定能喜爱乌吉尔。可是，我根本不能欣赏米尔顿。我喜爱跳动的、天才横溢的诗，而不爱那四平八稳的功力深厚的诗。乌吉尔是杜甫，而我喜欢李白。罗马的雄辩的散文是值得一读的，它们常常给我们一两句格言与宝贵的常识，使我们认识了罗马人的切于实际，洞悉人情。可是，它们并不能给我们灵感。一行希腊诗歌能使我们沉醉，一整篇罗马的诗歌或散文也不能使我们有些醉意——罗马伟大，而光荣属于希腊。

对中古时代的作品，我读得不多。北欧、英国、法国的史诗，我都看了一些，可是不感兴趣。它们粗糙，杂乱，它们确是一些花木，但是没经过园丁的整理培修。尤其使我觉着不舒服的是它们硬把历史的界限打开，使基督前的英雄去作中古武士的役务。它们也过于爱起打与降妖。它们的历史的、地方的、民俗的价值也许胜过了文艺的，可是我的目的是文艺呀。

使我受益最大的是但丁的《神曲》。我把所能找到的几种英译本，韵文的与散文的，都读了一过儿，并且搜集了许多关于但丁的论著。有一个不短的时期，我成了但丁迷，读了《神曲》，我明白了何谓伟大的文艺。论时间，它讲的是永生。论空间，它上了天堂，入了地狱。论人物，它从上帝，圣者，魔王，贤人，英雄，一直讲到当时的"军民人等"。它的哲理是一贯的，而它的景物则包罗万象。它的每一景物都是那么生动逼真，使我明白何谓文艺的方法是从图像到图像。天才与努力的极峰便是这部《神曲》，它使我明白了肉体与灵魂的关系，也使我明白了文艺的真正的深度。

文艺复兴时期的作品永远给人以灵感。尽管阿比累是那么荒唐杂乱，尽管英国的戏剧是那么夸大粗壮，可是它们教我的心跳，教我敢冒险去写作，不怕碰壁。不错，浪漫派的作品也往往失之荒唐与夸大，但是文艺复兴的大胆是人类刚从暗室里出来，看到了阳光的喜悦，而浪漫派的是失去了阳光，而叹息着前途的黯淡。文艺复兴的啼与笑都健康！

因为读过了但丁与文艺复兴的文艺，直到如今，我心中老有个无可解开的矛盾：一方面，我要写出像《神曲》那样完整的东西；另一方面，我又想信笔写来，像阿比累那样要笑就笑个痛快，要说什么就说什么。细腻是文艺者必须有的努力，而粗壮又似乎足以使人们能听见巨人的狂笑与号啕。我认识了细腻，而又不忍放弃粗壮。我不知道站在哪一边好。我写完了《赵子曰》。它粗而不壮。它闹出种种笑话，而并没有在笑话中闪耀出真理来。《赵子曰》也会哭会笑，可不是巨人的啼笑。

用不着为自己吹牛啊，拿古人的著作和自己的比一比，自己就会公平地给自己打分数了！

在我做事的时候，我总愿意事前有个计划，而后一一的"照计而行"。不过，这个心愿往往被一点感情或脾气给弄乱，而自己破坏了自己的计划。在事后想起自己这种愚蠢可笑，我就无可如何的名之为"庸人的浪漫"。在我的作品里，我可是永远不会浪漫。我有一点点天赋的幽默之感，又搭上我是贫寒出身，所以我会由世态与人情中看出那可怜又可笑的地方来；笑是理智的胜利，我不会皱着眉把眼钉在自己的一点感触上，或对着月牙儿不住地落泪，因此，我很喜欢十七八世纪假古典主义的作品。不错，这种作品没有浪漫派的那种使人迷醉颠倒的力量；可是也没有浪漫派的那种信口开河，唠里唠叨的毛病。这种作品至少是具有平稳，简明的好处。在文学史中，假古典主义本来是负着取法乎古希腊与罗马文艺的法则而美化欧西各国的文字的责任的；对我，它依样的还有这个功能——它使我知道怎样先求文字上的简明及思路上的层次清楚，而后再说别的。我佩服浪漫派的诗歌，可是我喜欢假古典派的作品，正像我只能读咏唐诗，而在自己作诗的时候却取法乎宋诗。至于浪漫派小说，我没读过多少，也不想再读。假若我在十六七岁的时候就接触了浪漫派的小说,我也许能像在十二三岁时读《三侠剑》与《绿牡丹》那样的起劲入神,可是它们来到我眼中的时候,我已是快三十岁的人,我只觉得它们的侠客英雄都是二簧戏里的花脸儿,他们的行动也都配着锣鼓。我要看真的社会与人生,而不愿老看二簧戏。

一九二八年至二九年,我开始读近代的英法小说。我的方法是:由书里和友人的口中,我打听到近三十年来的第一流作家,和每一作家的代表作品。我要至少读每一名作家的"一"本名著。这个计划太大。近代是小说的世界,每一年都产生几本可以传世的作品。再说,我并不能严格地遵守"一本书"的办法,因为读过一个名家的一本名著之后,我就还想再读他的另一本;趣味破坏了计划。英国的威尔斯,康拉德,美瑞地茨,和法国的福禄贝尔与莫泊桑,都拿去了我很多的时间。在这一年多的时间中,我昼夜地读小说,好像是落在小说阵里。它们对我的习作的影响是这样的:(1)大体上,我喜欢近代小说的写实的态度,与尖刻的笔调。这态度与笔调告诉我,小说已成为社会的指导者,人生的教科书;他们不只供给消遣,而是用引人入胜的方法作某一事理的宣传。(2)我最心爱的作品,未必是我能仿造的。我喜欢威尔斯与赫胥黎的科学的罗曼司,和康拉德的海上的冒险,但是我学不来。我没有那么高深的学识与丰富的经验。"读"然后知"不足"啊!(3)各派的小说,我都看到了一点,我有时候很想仿制。可是,由多读的关系,我知道模仿一派的作风是使人吃亏的事。看吧,从古至今,那些能传久的作品,不管是属于哪一派的,大概都有个相同之点,就是它们健康,崇高,真实。反之,那些只管作风趋时,而并不结实的东西,尽管风行一时,也难免境迁书灭。在我的长篇小说里,我永远不刻意地模仿任何文派的作风与技巧;我写我的。在短篇里,有时候因兴之所至,我去模仿一下,为是给自己一点变化。(4)多读,尽管不为是去模仿,也还有个好处:读得多了,就多知道一些形式,而后也就能把内容放到个最合适的形式里去。

回国之后,我才有机会多读俄国的作品。我觉得俄国的小说是世界伟大文艺中的"最"伟大的。我的才力不够去学它们的,可是有它们在心中,我就能因自惭才短的希望自己别太低级,勿甘自弃。

对于剧本,我读过不多。抗战后,我也试写剧本,成绩不好是无足怪的。

文艺理论是我在山东教书的时候,因为预备讲义才开始去读的；读得不多，而且也没有得到多少好处。我以为"论"文艺不如"读"文艺。我们的大学文学系中，恐怕就犯有光论而不读的毛病。

读书而外，一个作家还须熟读社会人生。因为我"读"了人力车夫的生活，我才能写出《骆驼祥子》。它的文字，形式，结构，也许能自书中学来的；它的内容可是直接地取自车厂，小茶馆与大杂院的；并没有看过另一本专写人力车夫的生活的书。

原载一九四五年七月《文哨》第一卷第二期

别怕动笔

老 舍

有不少初学写作的人感到苦恼：写不出来！

我的看法是：加紧学习，先别苦恼。

怎么学习呢？我看哪，第一步顶好是心中有什么就写什么，有多少就写多少。

永远不敢动笔，就永远摸不着门儿。不敢下水，还学得会游泳么？自己动了笔，再去读书，或看刊物上登载的作品，就会明白一些写作的方法了。只有自己动过笔，才会更深入地了解别人的作品，学会一些窍门。好吧，就再写吧，还是有什么写什么，有多少写多少。又写完了一篇或半篇，就再去阅读别人的作品，也就得到更大的好处。

千万别着急，别刚一拿笔就想发表不发表。先想发表，不是实事求是的办法。假若有个人告诉我们：他刚下过两次水，可是决定马上去参加国际游泳比赛，我们会相信他能得胜而归吗？不会！我们必定这么鼓舞他：你的志愿很好，可是要拼命练习，不成功不拉倒。这样，你会有朝一日去参加国际比赛的。我看，写作也是这样。谁肯下功夫学习，谁就会成功，可不能希望初次动笔就名扬天下。我说有什么写什么，有多少写多少，正是为了练习，假若我们忽略了这个练习过程，而想马上去发表，那就不好办了。是呀，只写了半篇，再也写不下去，可怎么去发表呢？先不要为发表不发表着急，这么着急会使我们灰心丧气，不肯再学习。若是由学习观点来看呢，写了半篇就很不错啊，在这以前，不是连半篇也写不上来吗？

不知道我说的对不对，我总以为初学写作不宜先决定要写五十万字的一本小说或一部多幕剧。也许有人那么干过，而且的确一箭成功。但这究竟不是常见的事，我们不便自视过高，看不起基本练习。那个一箭成功的人，想必是文字已经写得很通顺，生活经验也丰富，而且懂得一些小说或剧本的写法。他下过苦功，可是山沟里练把式，我们不知道。我们应当知道自己的底。我们的文字的基础若还不十分好，生活经验也还有限，又不晓得小说或剧本的技巧，我们顶好是有什么写什么，有多少写多少，为的是练习，给创作预备条件。

首先是要把文字写通顺了。我说的有什么写什么，有多少写多少，正是为逐渐充实我们的文字表达能力。还是那句话：不是为发表。想想看，我们若是有了想起什么、看见什么，和听见什么就写得下来的能力，那该是多么可喜的事啊！即使我们一辈子不写一篇小说或一部剧本，可是我们的书信、报告、杂感等，都能写得简练而生动，难道不是值得高兴的事吗？

当然，到了我们的文字能够得心应手的时候，我们就可以试写小说或剧本了。文学的工具是语言文字呀。

这可不是说：文学创作专靠文字，用不着别的东西。不是这样！政治思想、生活经验、文学修养……都是要紧的。我们不应只管文字，不顾其他。我在前面说的有什么写什么，和有多少就写多少，是指文字学习而言。这样能够叫我们敢于拿起笔来，不怕困难。在与动笔杆的同时，我们应当努力于政治学习，热情地参加各种活动，丰富生活经验，还要看戏，看电影，看文学作品。这样双管齐下，既常动笔，又关心政治与生活，我们的文字与思想就会得到进步，生活经验也逐渐丰富起来。我们就会既有值得写的资料，又有会写的本事了。

要学习写作，须先摸摸自己的底。自己的文字若还很差，就请按照我的建议去试试——有什么写什么，有多少写多少。同时，连写封家信或记点日记，都郑重其事地去干，当作练习写作的一种日课。文字的学习应当是随时随地的，不专限于写文章的时候。一个会写小说的当然也会写信，而一封出色的信也是文学作品——好的日记也是！

文字有了点根底，可还是写不出文章来，又怎么办呢？应当去看看，自己想写的是什么，是小说，还是剧本？假若是小说或剧本，那就难怪写不出来。首先是：我们往往觉得自己的某些生活经验足够写一篇小说或一部三幕剧的。事实上，那点经验并不够支持这么一篇作品的。我们的那些生活经验在我们心中的时候仿佛是好大一堆，可以用之不竭。及至把它写在纸上的时候就并不是那么一大堆了，因为写在纸上的必是最值得写下来的，无关重要的都用不上，就好像一个大笋，看起来很粗很长，及至把外边的吃不得的皮子都剥去，就只剩下不大的一块了。我们没法子用这点笋炒出一大盘子菜来！

这样，假若我们一下手就先把那点生活经验记下来，写一千字也好，二千字也好，我们倒能得到好处。一来是，我们会由此体会出来，原来值得写在纸上的并不像我们想象的那么多，我们的生活经验还并不丰富。假若我们要写长篇的东西，就必须去积累更多的经验，以便选择。对了，写下来的事情必是经过选择的；随便把鸡毛蒜皮都写下来，不能成为文学作品。即须经过选择，那么用不着说，我们的生活经验越多，才越便于选择。是呀，手里只有一个苹果，怎么去选择呢？

二来是，用所谓的一大堆生活经验而写成的一千或二千字，可能是很好的一篇文章。这就使我们有了信心，敢再去拿起笔来。反之，我们非用那所谓的一大堆生活经验去写长篇小说或剧本不可，我们就可能始终不能成篇交卷，因而灰心丧气，不敢再写。不要贪大！能把小的写好，才有把大的写好的希望。况且，文章的好坏，不决定于字数的多少。一首千锤百炼的民歌，虽然只有四句或八句，也可以传诵全国。

还有：即使我们的那一段生活经验的确结结实实，只要写下来便是好东西，也还会碰到困难——写得干巴巴的，没有味道。这是怎么一回事呢？我看大概是这样：我们只知道这几个人，这一些事，而不知道更多的人与事，所以没法子运用更多的人与事来丰富那几个人与那一些事。是呀，一本小说或一本戏剧就是一个小世界，只有我们知道的真多，我们才能随时地写人、写事、写景、写对话，都活泼生动，写晴天就使读者感到天朗气清，心情舒畅，写一棵花就使人闻到了香味！我们必须深入生活，不断动笔！我们不妨今天描写一棵花，明天又试验描写一个人，今天记述一段事，明天试写一首抒情诗，去充实表达能力。生活越丰富，心里越宽绰；写得越勤，就会有得心应手的那么一天。是的，得下些功夫，把根底打好。别着急，别先考虑发表不发表。谁肯用功，谁就会写文章。

　　这么说，不就很难作到写作的跃进吗？不是！写作的跃进也和别种工作的跃进一样，必须下功夫，勤学苦练。不能把勤学苦练放在一边，而去空谈跃进。看吧，原本不敢动笔，现在拿起笔来了，这还不是跃进的劲头吗？然后，写不出大的，就写小的；写不好诗，就写散文；这样高高兴兴地，不图名不图利地往下干，一定会成功那一天。难道这还不是跃进么？好吧，让咱们都兴高采烈地干吧！放开胆子，先有什么写什么，有多少写多少，咱们就会逐渐提高，写出像样子的东西来。不怕动笔，笔就会听咱们的话，不是吗？

原载一九六〇年五月《文艺新兵》

作文的基本的态度

夏丏尊

我曾看了不少关于文章作法的书籍，觉得普通的文章，其好坏大部分是态度问题；只要能了解文章的态度，文章就自然会好，至少可以不至于十分不好的。古今能文的人，他们对于文章法诀，一个说这样，一个说那样，各有各的说法，但是千言万语，都不外乎以读者为对象。务使读者不觉苦痛厌倦而得趣味快乐。所谓要有秩序，要明畅，要有力等等，无非都是想适应读者的心情。因为离了读者，就可不必有文章的。

要使文章能适合读者的心情，技巧的研究，

原是必要，态度的注意，却比技巧更加要紧。技巧属于积极的修辞，大部分有赖于天分和学力；态度是修辞的消极的方面，全是情理范围中的事，人人可以学得的。要学文章，我以为初步先须认定作文的态度。作文的态度，就是文章的 ABC。

初中的学生，有的文字已过得去，有的还是不大好。现在作文用语体，只要学过了语法的，语句上的毛病当然不大会有；而平日文题又很有自由选择的余地，何以还有许多的毛病呢？我以为毛病都是由态度不对来的。态度不对，无论加了什么修饰或技巧，文字也不能像样。不，反觉讨厌，好像五官不正的人擦上了许多脂粉似的。

文章的态度，可以分六种来说。我们执笔为文的时候，可以发生六个问题：

（一）为什么要做这文？

（二）在这文中所要述的是什么？

（三）谁在做这文？

（四）在什么地方做这文？

（五）在什么时候做这文？

（六）怎样做这文？

用英语来说，就是 Why？ What？ Who？ Where？ When？

How？六字，可以称为"六W"。现在试逐条说述。

（一）为什么要做这文？这就是所以要作这文的目的。例如，这文是作了给人看的呢，还是自己记着备忘的？是作了劝化人的呢，还是但想作了使人了解自己的意见，或和人辩论的？是但求实用的呢，还是想使人见了快乐感得趣味的？是试验的答案呢，还是普通的论文？诸如此类，目的可各式各样，因了目的如何，作法当然不能一律。普通论文中很细密的文字，当作试验答案，就冗琐讨厌了。见了使人感得趣味快乐的美文，用之于实用，就觉得不便了。周子的《爱莲说》，拿到植物学中去当关于说明"莲"的一节，学生就要莫名其妙了。所取的题目虽同，文字依目的而异，认定了目的，依了目的下笔，才能大体不误。

（二）在这文中所要述的是什么？这是普通所谓题义，就是文章的中心思想。作文能把持中心思想，自然不会有颢外之文。例如在主张男女同学的文字中，断用不着"乾道成男，坤道成女"，"男子三十而娶，女子二十而嫁"等类的废话。在记述风灾的文字，断不许有飓风生起原因的科学的解释。我在某中学时，有一次入学试验，我出了一个作文题《元旦》，有一个受试者开端说其"元旦就是正月一日，人民于此日大家休息游玩……"等类的话，中间略述社会欢乐情形，结束又说"……不知国已将亡，……凡我血气青年快从今日元旦觉悟……"等，这是全然忘了题义的例。

（三）谁在做这文？这是作者的地位问题，也就是作者与读者的关系问题。再换句话说，就是要问以何种资格向人说话。例如，现在大家同在一个学校里，假定这学校还没有高级中学，而大家都希望添办起来，将此希望的意思，大家作一篇文字，教师的文字与学生的文字，是应该不同的。校长如果也作一篇文字，与教师学生的亦不相同。一般社会上的人，如果也提出文字来，更加各个不同。要点原是一致，而说话的态度、方法等，却都不能不异的。同样，子对于父，和父对于子不同，对一般人和对朋友不同，同是朋友之中，对新交又和对旧交不同。记得有一个笑话，有一学生写给他父亲的信中说，"我钱已用完，你快给我寄十元来——勿误——"父亲见信大怒，这就是误认了地位的毛病了。

（四）在什么地方做这文？作这文的所在地，也有认清的必要，或在乡村，或在都会，或在集会（如演说），或在外国，因了地方不同，态度也自须有异。例如，在集会中应采眼前人人皆知的材料，在乡村应采乡村现成的事项。在国外应用外国语，在国内应用本国语（除必不得已须用外国原语者外）。"我们的 father"、"你的 wife"之类，是怪难看难听的。

（五）在什么时候做这文？这是自己的时代观念，须得认清的。作这文在前清，还是在民国成立以后？这虽是大家都知道的事，但实际上还有人没了解，现在叹气早已用"唉"音了。有许多人还一定要用"呜呼""嗟乎"，明明是总统，偏叫作"元首"，明明是督军，却自称"疆吏"，往年黎元洪的电报，甚至于使人不懂，这不是时代错误是什么？

（六）怎样做这文？上面的五种态度都认清了，然后再想做文的方法。用普通文体呢，还是用诗歌体？简单好呢，还是详细好？直说呢，还是婉说？开端怎样说？结末怎样说？先说大旨，后说理由呢，还是先说事实，后加断定？怎样才能使我的本旨显明？怎样才能免掉别人的反驳？关于此种等等，都须自己打算研究。

以上六种，我以为是作文时所必须认清的态度，虽然很平凡，但却必须知道，把它连接起来，就只是像下面的一句话：

"谁对了谁，为了什么，在什么地方，什么时候，用了什么方法，说什么话。"

如果所作的文字，依照这里面的各项检查起来，都没有毛病可指,那就是好文字,至少不会成坏文字了。不但文字如此,语言也是这样。作文说话时只要能够留心这"六W",在语言文字上就可无大过了。

作文与读书

章衣萍

作文与读书有什么关系呢？

杜甫的诗说："读书破万卷，下笔如有神。"俗语也说："熟读《唐诗》三百首，不会作诗也会吟。"中国人的作文作诗，大多数抱着一个老法子，叫作多读书。

多读书是不是对于作文有帮助呢？

就是照现在我们的眼光看来，当然也是有的。

我们要我们的文章没有用字上的错误，我们便应该研究文字学。我们要我们的文章没有造句上的错误，我们便应该研究文法学。我们要我们的文章没有思想上的错误，我们便应该研究逻辑学。我们要我们的文章做得美，我们便应该研究修辞学。

其余如经济学，如心理学、社会学、动植物学等，皆和文学直接或间接有关系。

所以我们要文章做得好，不可不用功读各方面的书。

上面的话，也许中学生诸君看了未免要大吃一惊，说：要研究那些科学才来作文，作文一事，岂不太难么？

我说：不是的。我的话是就广义说。我说的是那些科学常识都和作文有关系，却不是要人把各种科学全弄好了才去作文。

从前有个卖臭虫药的，说是他的药如何灵，人家买来回家一看，原来包内是"勤捉"二字。要臭虫断根只有"勤捉"，要文章做得好只有"勤做"。

学绘画的人只懂得一些光学、透视学、色彩学的原理，不肯用笔去画，是不行的。作文也是一样。只懂得一些文法、修辞的原理，不肯用笔去做，终究做不出好文章。作文正同蜘蛛抽丝一样，要抽才有，不抽永远没有。

读书供给作文只有两方面的用处：一方面是思想方面，我们可从书中懂得世间各方面的真理，人生各样的真相；一方面是技巧方面，我们可从古今各大家的文章上学得他的词句的美丽和风格的清高。

但是，世界上的书籍很多，青年人读书究竟从何读起呢？

这的确是一个问题。这不但在青年们成为问题，在老年人也成为问题。正如从前北京教育部有个司长，很有钱，吃得很胖，而且也很肯买书的。但是他常常叹着气说："不得了！不得了！书太多了，不知道读哪一本好。"世界上这样叹气的人很多，有老年，也有青年。英国的文学家培兰德（Arnold Bennett）曾说过笑话，以为问读书要从何读起，正同狗咬骨头，要从何咬起，一样奇怪。培兰德意思，是主张趣味的读书法的。

趣味的读书法是很重要的。现在中学学生国文程度不佳，很大的原因，是不准学生去看有趣味的书。我从前在徽州一个师范学校读书，那学校的校长胡子承先生，是个很顽固的人，不许学生看小说（看小说是要记过或开除），甚至于《新青年》也禁止学生看。但我自己的白话文却是从小说中学来的，因为我们徽州的土话，离白话文很远。现在，像胡子承那样禁止白话文的人是很少了（我不敢说没有）。但许多教员多抱定几册商务、中华的国文教本，教的大概是十年以来《新青年》以后一般作家的作品。老实说，这十年以来的新文学，大概都是些"急就章",真正有价值的作品很少。我们应该鼓励爱好文学的学生多看他们所喜欢看的书,正如周作人先生所说:"小说、曲、诗词、文,各种;新的、古的,文言、白话,本国、外国,各种;还有一层:好的、坏的,各种;都不可以不看,不然便不能知道文学与人生的全体,不能磨炼出一种精纯的趣味来。自然,这不要成为乱读,须得有人给他做指导顾问,其次,要别方面的学问知识比例地增进,逐渐养成一个健全的人生观。"(《我学国文的经验》,《谈虎集》下卷)

周先生的后面几句话也很重要的。要有"指导顾问",可以说是有系统的读书法。系统的读书法也是重要的。培根(Bacon)曾说:"看书同吃东西一样,有的随便尝尝就够了,有的应该吞咽下去的,有的应该咀嚼消化的。"没有系统的读书,正同随便吃东西一样,一定要弄成胃扩张,不消化的。有系统的读书,可分两面说:一面是我们如要懂得一些文学原理,就应该看些什么本间久雄的《文学概论》、厨川白村的《苦闷的象征》,或卢那却尔斯基的《文艺与批评》之类。如要研究自然主义的作家,则不可不读弗罗贝、佐拉、莫白三的作品。这叫作专门的读法。一面是应该知道世界上真正有价值的著作并不多,我们应该选最好的书来读。如法国诗人波德莱尔（Baudelaire）爱好爱伦波（Edgar Allan Poe）的著作，翻译了许多爱伦波的诗，所以他自己的诗也受了爱伦波的影响。又如歌德的《浮士德》（Faust）的有名，是大家知道的。但如曾孟朴先生所说，他不隐居乡间，译了《狐史》，哪来《浮士德》的成功？又如法人伏尔泰（Voltaire）作文，常常先把马西隆（Massillon）的书拿来读，弥尔顿（Milton）一生也只爱荷马（Homer）与Euripides的著作。这就是"咀嚼消化"的读书法，使自己受了书的影响，使书的灵魂，成为自己的骨肉的。这叫作精选的读法。

"别的方面的学问知识"也很重要的。我在前一讲曾说学科学的人不应该为文学多耽误工夫。学科学的人鉴赏或尝试一些文学趣味是可以的。但如目下中学生之不喜欢数理等科，以及国内出版界自然科学书籍的不畅销，关于高级自然科学的书，竟致没有书店肯印，实在是可虑的事情。学科学的学生应该专注精力于科学，是不用多说了。就是学文学的学生，也不可不有普通的科学常识。夏丏尊先生在他的《文章作法》附录上曾说：

无论如何设法，学生的国文成绩总不见有显著的进步。因了语法、作文法等的帮助,学生文字在结构上、形式上,虽已大概勉强通得过去,但内容总仍是简单空虚。这原是历来中学程度学生界的普通的现象,不但现在如此。

为补救这简单空虚计,一般都奖励课外读书,或是在读法上多选内容充实的材料,我也曾如此行着。但结果往往使学生徒增加了若干一知半解的知识,思想愈无头绪,文字反益玄虚。我所见到的现象如此,恐怕一般的现象也难免如此罢。——《我在国文科教授上最近的一信念》

夏先生的结论是"传染语感于学生",教员自己努力修养,对于文字,在知的方面,情的方面,各具有强烈锐敏的语感,使学生传染了,也感得相当的印象,为理解一切文字的基础。但我以为这也不是根本办法。要学生的思想不空虚,根本的办法只有学一些根本的科学常识。郭沫若曾说诗人不可不懂得天文学,实在是有见识的话。我以为学文科的高中学生,也不可不有下列的科学常识:

(一)应该多看一些社会科学的书,懂得一些唯物史观、经济史观、人类学等常识。

（二）应该多看一些逻辑学、心理学的书籍，懂得一些思想法则、心理现象。

（三）应该多看一些自然科学的书，如生物学、物理学、天文学、地质学等，懂得一些天、地、人、物的历史和现状。

这是根本办法，可以医"思想无头绪""文字玄虚"的大病的。

（周作人先生曾对青年讲过这样忠告，请参看《谈虎集》下卷，《妇女运动与常识》。我的意思完全与周先生相同，略以鄙见补充一点，因周先生对于论理、心理等科未说及。）普通文科学生总带些自命文豪的气味，对于一切科学都看不起。其实，懂得一些科学常识是做人的基础，做人比做文豪要紧得多。做一两句白话诗，做一篇短篇小说，实在算不了什么大事，挂不起文豪招牌哪！

读书对于作文的重要，上面大略说过了。但中国青年学生还有一件最重要的事情，是养成善于怀疑，独立思想的精神。

叔本华（Schopenhauer）说得好：

> 写在纸上的思想，不过是印在沙上的行路人的足

迹，人们虽然可以因他而明知道前人所取之道路，但行路人为行路和观望前面什么风景起见，是必须使用他自己的眼睛的。

所以书上记载的"真理"和"人生"究竟多是纸上的。叔本华是主张思想，反对读书的，他曾说过很妙的话："思想是自己跑马，读书是让旁人在我们的脑里跑马。"他的话自然有点偏激。但是中国是一个泥古的民族。所以王安石创经义试士之制，行之千年；武后行弓刀步石武科之制，行之千年；萧何行漕运之制，行之二千年。（康有为弟子徐勤的话。）女人缠足，"或谓始于李后主，宋人只有程颐一家不缠足"，缠足也缠了千年。无论什么笨事傻事，都行之千年而没有人敢怀疑，没有人敢革命。这真是世界鲜有的奇谈。有人说中国人的头脑是一枚明镜，映进红的就是红，映进白的就是白的，一点变化也没有。这是可以亡国灭种的头脑！

我们现在最要紧的是使学生们在作文中养成独立思想的习惯。程颐说："学源于思。"胡适说："学源于思，思起于疑。"

胡适又说："我们读古人的书，一方面要知道古人聪明到怎样，一方面也要知道古人傻到怎样。"这都是我们很好的教训。我们要学生宁失之过疑，不要失之过信。

真理是有时代性的，人生是变迁无穷的。一切古今人的书籍都是我们的参考品，我们的顾问官，我们要敢于疑古，也要敢于疑今。我们要学生能够独立思想，不要掉"书袋"。

培根（Bacon）说得好："书籍永远不会教给你书籍的用处。"一切书籍都是参考品，思想方面是如此，文章的词句和风格方面也是如此。

法国文学家布封（Buffon）曾说："文体即人。"韩德（Leigh Hunt）补充布封的话，说："人即文体。"中国古语也说："文如其人。"世上没有两个相同的脸孔，树上没有两个相同的果子，山上没有两个相同的石头。一切物体都有个性，文章的词句和风格方面也应该有个性。

从前作古文的人专会模仿"先秦诸子"，模仿"两汉"，模仿"唐宋"。现在古文已经打倒，这些习惯是已经取消了。但是，模仿韩愈、苏东坡固是不对的，模仿梁启超、胡适之难道就对了吗？我们读古今名人的文章，要和蚕吃桑叶一样，吐出丝来，模仿好比蚕吃桑叶吐桑叶。中国的白话文的历史比文言文短得多，所以现在白话文正有待于我们的试验和创造，造成一种丰富优美而清新的词句和文体。我们要使白话文能够写景、写情、写意、写事，运用自如。我们要使白话文能够简洁，也能够繁复；能够明白，也能够深刻。几本古老的《红楼梦》《水浒》，几册简单的《国语教科书》，几页肤浅的新创作小说，绝不够我们学生的欣赏和研究。一切文章有两个伟大的导师：

一是自然，

二是人生。

我们要学生多多观察自然，研究人生，我们要学生从小养成这种习惯。我们不要学生迷信书本，模仿书本。我们要学生不做古人的奴隶，也不做今人的奴隶。